「いや……あーんは流石にな……」
こみ上げてくる恥ずかしさに
たじたじになりながら
なんとかそれだけ伝える。
俺の言葉を聞いた彼女は
自分がしていたことに気付いたらしく、
視線をうろうろと彷徨わせて
頬を薔薇色に色付かせた。
「わ、私、別に
そんなつもりでは……」
俺は知らないうちに
学校一の美少女を
口説いていたらしい
～バイト先の相談相手に俺の想い人の
話をすると彼女はなぜか照れ始める～

「そういう意味じゃねえよ。
お前も女の子だから危ないだろ。
そんなに可愛いんだから余計にな」
声をかけるとピタッと止まって、
俯き加減にゆっくりと
こちらを向いた。
「……さっきもですけど、
あなたのそういうところ
ずるいです」
「何がだよ……」
「……なんでもないです」

責められるようなことをしただろうか、と問い掛ければ、
ぷいっとそっぽを向いてしまう。
ただ、一緒に帰ってはくれるらしく
「ほら、行きますよ」と一言残して歩き出した。

「じゃあ、また明日な。斎藤」
「はい、また明日ですね。田中くん」
幸せそうに笑う斎藤に
背中を向けて後にする。
ふわりと華が舞うように笑んだ
最後の斎藤の表情は、
相変わらず
とても可愛く魅力的だった。

俺は知らないうちに学校一の美少女を口説いていたらしい 2

～バイト先の相談相手に俺の想い人の話をすると彼女はなぜか照れ始める～

午前の緑茶

HJ文庫
958

口絵・本文イラスト
葛坊煽

Ore ha Siranaiuchi ni
Gakkou Ichi no Bishoujo wo
Kudoite ita rasii

プロローグ　学校一の美少女はそれでも変わらない

扉《とびら》を押《お》すと、ギギギと音を立ててゆっくり動く。空いた隙間《すきま》から、古い紙の匂《にお》いと埃《ほこり》の匂いが鼻腔《びこう》をくすぐってきた。

どこか古めかしい雰囲気《ふんいき》は厳《おごそ》かさを醸《かも》し出し、図書館独特の空気となって肌《はだ》を包む。周りに人気はなく、物音の消えた世界を俺《おれ》の足音だけが踏《ふ》み抜《ぬ》いていく。キシッキシッと傷《いた》んだ床《ゆか》が立てる音が、俺の居場所を知らせるようだった。

静かな館内を進んでいくと、沢山《たくさん》の机と椅子《いす》が置かれた読書コーナーが現れた。そのさらに一番奥《おく》に一人の女子が座《すわ》っていた。

太陽の光がカーテンの隙間から差し込み、埃によってその軌跡《きせき》を示しながら、彼女《かのじょ》、斎《さい》藤《とう》玲《れ》奈《な》に降り注ぐ。日差しを反射した黒髪《くろかみ》がきらきらと煌《きら》めく様はまるで宝石のようで、どこか幻想的《げんそうてき》とさえ思えた。図書館に現れた妖精《ようせい》のように、儚《はかな》げにその場所で佇《たたず》んでいた。

そんな彼女は本を開き、穏《おだ》やかな表情で読書に耽《ふけ》っている。一瞬《いっしゅん》、話しかけるか躊躇《ためら》われたが、彼女がこちらの足音に気づいたようで、ゆっくりと顔を上げた。

視線が交わり、そっと息を吐《は》く。ぱっちりとした二重《ふたえ》の瞳《ひとみ》がこちらを捉《とら》えて、近づいてくるのを待っていた。

「えっと……昨日ぶりだな」

「はい、そうですね」

「これ、ありがとな」

「どういたしまして。次の本はこれですね」

今日はバイトがあるため事前に連絡《れんらく》していたのだが、先に来てくれていたらしい。手元の開かれた本を見れば、まだ十数ページ程度しか進んでいないので、そこまで待たせてはいないだろう。

もはや慣れたもので、こうした本の受け渡《わた》しも当たり前のように感じる。昨日の謎プレのことがあったので話しかける最初こそ緊張《きんちょう》したが、彼女はいつも通りだ。平然とした様子で鞄《かばん》から本を取り出して渡してくれた。

彼女の今の表情は、普段《ふだん》の見慣れた素っ気ない無表情で、昨日見せた優《やさ》しい笑顔《えがお》は一《ひと》欠片《かけら》もない。もちろんこれが普通《ふつう》の彼女なのだが、なんだか昨日見た笑顔が夢のように思えてくる。

まあ、昨日見たような表情をそう何度も見せられたらたまったものじゃないので、このままでいいのだが。いつもと変わらない態度の彼女に心の中でほっと安堵《あんど》した。

改めて見てみるとやはり彼女の容貌《ようぼう》は優《すぐ》れている。ぱっちりとした二重の瞳に、筋の通った鼻、柔《やわ》らかそうな唇《くちびる》、そしてさらさらと指通りの良さそうな、よく手入れされた煌めく黒髪。多くの男子が恋心《こいごころ》を抱《いだ》くのも肯《うなず》けるが、昨日のように妙《みょう》に心臓がうるさくなることはない。

昨日は多少動揺《どうよう》したし、彼女を見て可愛《かわい》いと思ったことは否定しない。だが昨日の動悸《どうき》はあの笑顔で彼女が美少女であることを実感したことで起こったもので、男子なら誰《だれ》でも起こるものだろう。

彼女に対して恋愛《れんあい》感情を抱いていないことを再認識《さいにんしき》して、内心でそっと息を吐いていると、彼女の手元にある本に挟《はさ》まれている物に気が付いた。開かれたページの間からきらりと煌めくしおりが見える。

「……なんですか？」

俺の目線に気が付いたのか、いつものツンとした声が返ってきた。その声はいつものように冷めた声だが、なんとなく警戒《けいかい》する壁《かべ》は薄《うす》れたような柔らかさもあった。

「いや、そのしおり使ってくれているんだな、と思ってな」

昨日の彼女の言葉が嘘《うそ》だとは思っていないが、こうやって現実に使っている様子を見せられると、なんだか少しむず痒《がゆ》い。お世辞じゃなくて本当に気に入ってくれたことが伝わってくるので、妙に照れくさかった。

「別にいいでしょう。使うのは私の勝手です」

「ああ、好きに使ってくれ」

相変わらずの可愛げのない返事だがそれが彼女らしい。肩《かた》をすぼめて思わず苦笑《くしょう》してしまう。言っていることは前と変わらず素っ気ないが、以前よりも刺々《とげとげ》しさがなくなった気もする。友人ということで多少は心を許してくれているのかもしれない。

「……言っておきますけど、もう私のものですから返しませんからね？」

「そんなこと言わねえよ」

俺がしおりを眺《なが》めているのを勘違《かんちが》いしたのか、しおりをさっと手で隠《かく》した。よほど気に入ってくれたのだろう。取られまいとしおりを隠す姿がなんだか可笑《おか》しく、つい笑ってしまった。

「まあ、気に入ってもらえたようでよかったよ。日頃《ひごろ》本を貸してもらってばっかりで、全然お礼出来ていなかったから。これで少しは楽になれる」

「そんなことを思っていたんですか？」

「そりゃあ、これだけ毎日貸してもらっていたら申し訳なさも感じるさ。お前のことだか

ら、気にする必要はないって言うんだろうけど」

「よく分かっていますね」

「流石《さすが》にこれだけ話せばな。とにかく喜んでもらえたみたいで安心だ」

俺の言葉の何かが気に食わなかったのか、斎藤は少しだけそっぽを向く。

「別に喜んだつもりなんてありませんけど。ですが、そういう事情なら安心して使わせてもらいます」

「……ああ、そうしてくれ」

素っ気ない口調とは裏腹に斎藤は僅《わず》かに微笑《ほほえ》んでしおりに視線を落としている。その姿に思わず苦笑いを浮《う》かべた。

斎藤side

「じゃあ、用事の時間が来るまでもう少しあるから、そこで本でも読んでるわ」

「あなたに図書館で本を読む以外の選択肢《せんたくし》なんてあるわけないのでは？」

「違《ちが》いない」

「では、また。何かありましたら、声をかけてください」

「はいよ。じゃあな」

彼《かれ》はひらひらと手を振《ふ》って離《はな》れていく。三つほど大きな机を挟んだところで、彼は席に着いた。早速《さっそく》私が貸した本を読むみたいで、渡した本を机に置いて開いた。

彼が本を読み始めたのを見届けて、そっと手元のしおりに視線を落とす。さっきまで広がっていた人の声はもう辺りにはなく、静かに彼のページをめくる音だけが聞こえてくる。人気のない校舎から離れた図書館で、私と彼の音だけが耳に届いた。

背中側から差し込んでくる太陽の光をしおりに当てて、改めてその美しさを眺める。きらきらと宝石のようにいくつものガラスが賑《にぎ》やかに煌めいて、その存在を主張しているみたい。ゆっくりとしおりを傾《かたむ》けて色の変化を楽しみながら、さっきまでの彼との会話を振り返った。

普段通りの対応が出来ていただろうか？　変な態度になっていなかった？　いつもの私が思い出せなくて普段よりそっけなく接してしまった気がするけれど、変に思われなかったかな？　彼が離れたことで平静を取り戻《もど》して、一人心の中で反省会を繰《く》り広《ひろ》げる。

出来るだけ今まで通りに振舞《ふるま》おうとしたけれど、今までがどんな風だったか分からなくて、ついきつい話し方になってしまった。もうちょっと可愛げがある言い方もあったのに。

せめてお礼くらいは伝えたかった。はぁ、と思わずため息が漏《も》れ出る。

昨日彼への好意を自覚したけれど、それだけで自分がここまで変わるなんて。よくわからないけれど、なぜか無性《むしょう》にかっこよく見えるし、きらきらと変なオーラが周りにあるようにさえ思えてしまう。あんなダサい眼鏡をかけて野暮《やぼ》ったい姿のくせに。それでもかっこよく思えてしまって無性に腹立たしい。

確かに、これまでも助けられたときとかはかっこいいなとは思わなくもなかったけど、今はそれが目の前にいる間ずっと続いている感じになっている。

初めての恋というものに振り回されっぱなしだ。こんなの私らしくない。もっとしっかりしないと。でないと彼に恋愛感情を持っていることがばれてしまう。彼は意外と察しがいいので、それだけは避《さ》けないと。

ちらっと離れたところに座る彼を盗《ぬす》み見る。太陽が窓から差し込んでいるため、窓際《まどぎわ》に座っている彼の周りが明るく照らされている。そんな姿の横顔からは切れ長の目が見え、真剣《しんけん》に本に視線を注いでいてやっぱりかっこよかった。太陽のせいで瞳が輝《かがや》いて見えるので、それがまたずるいくらいに色っぽい。

まったく、こっちの気も知らないで呑気《のんき》に本なんか読んで。どれだけ本が好きなんだ。本のことばっかり考えてないで少しは私のこと考えてよ、ばか。本を読んで幸せそうに薄く微笑《ほほえ》む彼に小さく悪態をついた。

彼への好意を自覚したけれど、それで何かが変わるわけではない。変わったのは自分の中での彼への心構えだけで、私と彼を取り巻く関係性は友人のまま。何も変わらない。変えるつもりもない。

彼は私を共通の趣味《しゅみ》を持つ良い友人と思ってくれているのだから、それ以上のつながりを求めるのは私のエゴだ。友人だから一緒《いっしょ》にいられるのであって、そこに恋愛感情を挟むスペースはない。

私という存在は良くも悪くも目立つ。目立つのを嫌《きら》う彼が、それでも私と親しくしてくれているのは、私のことを大事な友人と思ってくれているから。それ以外の何者でもない。そんな彼にこれ以上のつながりを求めて迷惑《めいわく》をかけるのは絶対嫌《いや》だった。好きな人である前に大事な友人として、人として、それだけは避けたかった。だから今のまま彼のそばにいられればそれでいい。それで十分満足。

やっと出会えた私自身を見てくれる人。優しくて、いつだってそばにいて守ってくれる人。話が合って趣味も合う。信頼《しんらい》できる大事な友人。本バカなところは呆《あき》れるけれど、そんなところも悪くないと思う自分もいる。そんな彼に好意を見せて失うくらいだったら、今のままで全然いい。今の関係で十分幸せ。私の独りよがりな恋愛感情で今の関係を壊《こわ》すなんて選択肢は、絶対に取れなかった。

それに、もう大事なものは失いたくない。せっかくできた本友達を失うくらいならこれ以上のことは望まない。このままでいい。やっとできた大事な友人を私のわがままで失いたくない。

もう何度も大事なものを失ってきた。幼かったあの時も。おととしも。去年も。だからもう嫌。失いたくない。せっかく手に入れた今の関係を無くしたくない。友人のままでいれば私が離れない限り無くなることはないから。もうこれ以上は何も望まない。

だから私はこの気持ちを彼へ打ち明けるつもりはない。見せたり、匂わせたりするつもりもない。大事なものを隠すように、ひっそりと心の奥底《おくそこ》にしまい込む。好きだと思ってもそれは心の中だけ。外では今まで通り。何も変わらず変えず、彼との本友達の関係を続けていく。それが私の今の思い。

――大事なものをもう失いたくない。

第一章　新しい出会い

からっと晴れた空。太陽は高く頭上に輝き、ほのかな暖かさを運んでくる。だが、吹《ふ》く風が冬を運んできて、晴れているというのにとても肌寒《はださむ》い。青空も夏と同じ色だというのに、氷のように冷ややかな色に見えた。

昼休みののどかな屋上で手すりに寄りかかり、校庭を眺めながらスープを一口啜《すす》る。売店で発売中の冬限定のコーンスープは、ゆっくりと体の中に広がって、冷えた体を温めてくれた。

「やっぱり、この時期になると流石に屋上は寒いね。これから当分の間は学食かな」

「そうだな。流石に寒い」

隣《となり》でも同じようにコーンスープを飲む和樹《かずき》は、両手でコーンスープの入れ物を包んで暖を取っている。

屋上はいつものお決まりの場所なのだが、この時期になるとずっと外にいるのは厳しい。中が暖かいので尚更《なおさら》そう感じてしまう。

あまり長時間はいられないので、早速呼び出した用件を口にした。

「プレゼントのアドバイスありがとな」

「いいって。どう？　上手《うま》くいった？」

「ああ、気に入ってはくれたみたいだ」

「へー。あの湊《みなと》に女の子を喜ばせられるだけのプレゼントセンスがあったなんて驚《おどろ》きだな」

「うるせ」

意外そうに見つめてくる和樹に小さく言い返してはみるが、和樹のその感想は尤《もっと》もだ。俺だって一般《いっぱん》の女子の趣味なんか全く分からないし、上手くやれる自信もない。今回上手くいったのは、斎藤《さいとう》が特殊《とくしゅ》なタイプの女子だからに他《ほか》ならない。プレゼントに本を所望《しょもう》する奴《やつ》がどこにいるんだ。

「それで、なに渡したの？」

「しおりだよ」

「……しおり？」

ピンと来ないのか首を傾《かし》げて、両手の人差し指で四角形を描《えが》く。カクカクカクと何度か長方形の軌跡に動かした。

「それは、旅行とかのしおりだろ。違くて本に挟むやつだよ」

「あー！　それね。全然身近にないから思いつかなかったよ」

納得《なっとく》したように頷《うなず》く和樹。確かに本を読むことがなければしおりなんて縁《えん》のないものかもしれない。

「それにしてもしおりって……自分だったらそんな選択肢、絶対選べないね。普通に髪飾《かみかざ》りとかイヤリングとかだと思ってたよ」

「最初はそのつもりだったんだけどな。流石にそういうのは中々渡しにくいだろ」

「そうだけど、しおりって」

余程《よほど》意外だったのか、和樹はツボに入ったようでくすくすと肩を揺《ゆ》らして笑う。

「仕方ないだろ。ガラスのしおりで綺麗《きれい》だと思ったんだから」

「へー、ガラスのね。確かにそれは綺麗かもね。でもしおりで喜ぶってやっぱり湊と仲良くなる人はちょっと変わってるね」

「それを言ったらお前が筆頭の変人だけどな」

「どこがだい？　自分ほど一般人《いっぱんじん》な人中々いないと思うけど」

「女子に事欠かない奴が一般人を名乗るな。恨《うら》まれるぞ」

お前が一般人なら一般人はなんなんだ、と睨《にら》んでやれば、和樹は肩を竦《すく》めて大人しく笑うのをやめた。

ひとしきり笑い終えて落ち着いたようで少しだけ沈黙《ちんもく》が漂《ただよ》う。だが、すぐに和樹はゆっくりとした口調で呟《つぶや》いた。

「それにしても、しおり……ね？」

どこか意味ありげな視線。察したような、俺の苦手な視線だ。こういう時必ずからかってくるからな。

何かを言ってくる前に真《ま》っ直《す》ぐに見返した。

「なんだよ」

「いーや？　なんでもないよ。いつでも話してくれるの待ってるからね」

「はっ、話すことなんかないな」

「そうかい」

まさか、斎藤のことがバレたのだろうか？　だが、それらしきことは和樹に何も話したことはない。まだ完全に気づいた……わけではないよな？

内心で少しだけ焦《あせ》りながら、どうしたものか悩《なや》んでいると、和樹はこれ以上追及《ついきゅう》してくる気はないようで俺から視線を逸《そ》らし、くいっと一口スープを飲んだ。

まったく、本当に感のいい奴だ。斎藤との関係性を全《すべ》て見抜《みぬ》いたわけではないだろうが、何かしらはもう気づいているのだろう。

別に強引《ごういん》に迫《せま》ってこないあたり、多分俺の反応を見て楽しんでる。どうにもこういうところはこいつには敵《かな》わない。

静寂《せいじゃく》が俺と和樹を包み、時間が流れていく。ぼんやりと過ごすのも悪くはなかったが、ひゅうと冷えた風が肌を撫《な》でて、体を震《ふる》わせた。

「そろそろ戻るか」

「そうだね。流石にスープで誤魔化《ごまか》すのは無理っぽい」

互《たが》いに顔を見合わせて苦笑を零《こぼ》す。寒空に晒《さら》された屋上を後にした。

屋上の扉を開けて校内に戻れば、それだけさっきよりも幾分《いくぶん》か寒さが和《やわ》らぐ。じんわりと冷えた指先が熱くなり、手のひらからスープの熱が体を温めていく。

まだ人気の少ない校舎の端《はし》っこのせいか、カツンカツンと階段を下りる足音がやけに響《ひび》いた。

「そういえば前に話してたバイトの人にはもうお礼を言ったの？」

「いや、まだだな。あんまりシフト被《かぶ》らなくて、確か明後日が一緒だったからその時話すさ」

「なるほどね。ちなみに名前はなんていうの？」

「名前？　柊《ひいらぎ》さんだよ」

「柊……か」

顎《あご》に手を当てて、少しだけ残念そうに名前を反芻《はんすう》する。それは普段明るい和樹にしては
らしくない表現に見えた。

「名前がどうかしたのか？」

「いや、なんでもないよ。確か、他には同じ年代の人いないんだよね？」

「ああ。まさか、お前、俺のバイト先の女の子まで狙《ねら》ってるのか？」

どこまで貪欲《どんよく》なんだ、とうんざりした視線を向ければ「違う違う」と慌《あわ》てたように首を振った。

「酷《ひど》いなー。人を女好きみたいに」

「事実だろ」

「自分から動いたことはないよ。相手が寄ってくるからそれに応《こた》えてるだけ」

「どっちも変わんねえよ」

まったく。でも、確かにこいつが自分から動いているところは見たことがないことに気づく。和樹が望んで女の子を口説いていることはなく、いつだって周りの女の子が和樹に近づいて仲良くなっている。

勝手に周りが動いて近づくところは、どこか斎藤と似たように思えた。

「それで、俺のバイト先を気にしてどうしたんだ？」

「なんとなくだよ」

「そうか」

　本当にただの気まぐれで聞いたのかもしれないし、そうでないのかもしれない。どっちか判断はつかなかったので、放っておくことにした。

　階段を下りて三階を歩く。賑やかな話し声が通路の奥の方から響いてくるのが聞こえてきた。だんだんと人気が近づいてくるのを感じながら、自分の教室へと向けて歩みを進める。するとひそひそと静かな声が左奥の空き教室から届いた。

「……ていうかさ、また斎藤さんまた男子に告られたらしいよ」

「あ、それ知ってる。サッカー部の部長さんでしょ。廊下《ろうか》でみんながいる前で告白されたって」

「え、それ、ほんと？　前にも一回告白されてなかった？」

「なんか、諦《あきら》めきれなかったって言ってもう一回告白したみたい」

「すご、モテモテじゃん」

　何人かの女子たちが話題にしていたのは斎藤とサッカー部の先輩《せんぱい》の話だった。あれだけ多くの人がいたのだから、噂《うわさ》になるのは仕方がない。それも校内で名の知れた二人となれば猶更《なおさら》だ。

斎藤が噂をされること自体は珍《めずら》しいことではないので、通り過ぎようと思ったが、教室を横切ったとき、金髪《きんぱつ》の長髪《ちょうはつ》の女子が話すのがまた聞こえた。

「なんていうか斎藤さんってずるいよね。自分は男に興味はありません、みたいな態度してみんなの憧《あこが》れの先輩を取っていくとかさ」

「分かるー。なんていうの。あの澄《す》ましてる感じが鼻につくよね」

「本当は裏で色々やってるんじゃない？」

「ありそう。ああいう清楚《せいそ》な感じの子ほど裏があるし」

悪意がにじんだ言葉の数々。聞いていて反吐《へど》が出る。まるで一つ一つ言葉が刃物のようで、鋭《するど》く心に突《つ》き刺《さ》さった。

斎藤がどうして男を避けているのか、少し考えれば分かるだろうに。どうしてそういうことになるんだ。彼女自身を知らず、ただの噂だけでそんなことは言わないでほしい。

斎藤の陰口《かげぐち》があること自体は知っていたが、まざまざと突きつけられて神経を逆なでされる。なんとも言えない暗い気持ちが奥底に湧《わ》き上がった。

「どうしたの、湊？　随分《ずいぶん》険しい顔をしているけれど」

「いや、さっき聞こえた陰口が気分悪くてな」

既《すで》に空き教室からは距離《きょり》が離れて、彼女たちの声はもう聞こえてこない。だが、ずっと嫌な声が耳に残り続ける。

「ああ、そういうことね。でも仕方がないでしょ。目立つってことはそれだけ僻《ひが》みや嫉妬《しっと》も向けられるものだし」

どこか諦めたようにため息を吐く和樹も、同じように陰口には苦労しているのだろう。いつだって人を苦しめるのは身勝手な人の悪意だ。

「だとしても、聞いていて気分のいいものではないな」

「そうだね。でも、斎藤さんの噂に反応するなんて珍しいね」

「そうか?」

「うん、これまではそういう話を聞いても『我関せず』みたいに他人事だったよ」

「確かにそうだったかもな」

ずっと本さえあれば十分だった。それ以外のことに興味を持つことも何かを思うこともなかった気がする。それが陰口一つにここまで嫌な気持ちになるとは。どうやら自分の中で斎藤は相当大きな存在になっているらしい。らしくない自分ではあったが、嫌ではなかった。

「それで、どうして変わったのかな?」

「ただの気分だろ。もう早く教室に戻るぞ」

「相変わらずつれないなー」

自分は斎藤の良いところを知っているから、これからも変わらず友人として接しよう。そう心に決めた。


『今日はいつも通り私の家でいいんですよね？』

『ああ、そのつもりだったが、大丈夫《だいじょうぶ》か？』

『はい、かまいませんよ』

『じゃあ、放課後な』

『はい、分かりました』

そんなメッセージのやり取りがあった放課後、斎藤の家へと向けて校舎を出た。

以前は斎藤の後をついていく形で帰っていたが、今はそれぞれ別々に向かうことにしている。既に何度も斎藤の家に通って行き方は覚えたし、いつまでも後をついていく形でいるのも申し訳なくて自分から申し出た。そんなわけで他の生徒たちも歩く通学路を一人で静かに進んでいた。

既に空は薄暗《うすぐら》く、遠くに夕焼けの空が名残惜《なごりお》しそうにこっちを見ている。沈《しず》みかけた太陽の赤い木漏《こも》れ日《び》のような光が寂《さび》しく道筋を照らし、斎藤の家への行き方を示す。その跡《あと》を辿《たど》れば斎藤の住むアパートは姿を現した。

白造りのアパートは高級住宅街に溶《と》け込むように並んでいる。新しい、とまでは言えないが、それでも綺麗で古い建物には思えない。高校生が一人で暮らすところには見えないので、きっと何かしらの事情があるのだろう。

二階の右側一番奥の扉の前に立ってそっと一呼吸する。やはり呼《よ》び鈴《りん》を鳴らすのはなかなか慣れるものではない。小さく息を吐いて、ピンポーンと呼び鈴を鳴らした。

カメラのついたインターホンの前で待つことしばし。ガチャリ扉が開かれて、中から制服姿の斎藤が出てくる。周りが薄暗い中で、扉前の明かりが斎藤を照らす。きらきらと黒髪が煌めいた。

リュックを背中から下ろして仕舞《しま》っておいた本を二冊取り出して斎藤に手渡《てわた》す。

「これ、昨日借りたやつ。ありがとな」

「分かりました。これは今日の分ですね」

「ありがとう」

受け取ったまた新たな二冊を丁寧《ていねい》にリュックに戻す。

「それにしても、これだけの厚さの本を二冊もたった一日で読み終わるなんて、本当に読

む の速いですね」

「面白《おもしろ》い本は読む手が止まらなくなるだろ。だからだよ。あ、今回も面白かった」

「それにしても速すぎると思いますけど。面白かったならよかったです」

「ああ、特に最後の展開のさ……」

気に入ったシーンについて熱く感想を語り合う。やはり好きなものを話すと饒舌《じょうぜつ》になってしまう。だがそれは斎藤も同じようで、きらりと目を輝かせながら「分かります！ あそこは名シーンですよね！」といつになくテンション高く頷いて共感してくれる。

こうやって同じ本について感想を話せる時間は、本を読んでいるときと同じくらいに楽しい時間だ。今回は特に盛り上がり、かなりの長話になってしまった。ひと仕切り話し終えると、少しだけ疲労《ひろう》感が襲《おそ》ってきた。

「ふう、流石に話すぎて疲《つか》れたな」

「そうですね。こんなに沢山話したのは久しぶりです」

「そうなのか？ いつも一緒にいる人たちとは結構話していそうだが」

「基本聞いていることのほうが多いので」

「なるほどな」

余程楽しかったのか、表情は少し緩《ゆる》んで満足そうだ。僅かに口角を上げて微笑む姿は魅《み》力的で、つい笑みが溢れ出る。本の感想を語っているときの斎藤はとても生き生きとしていて、そんな彼女を前にして、昼間の出来事がふと蘇《よみがえ》ってきた。

（どうして、こいつが悪く言われないといけないんだ）

和樹も言っていた通り、目立つ人はそれだけ多くの人から注目を浴びることになる。だからいろんな感じ方をする人が出てくるのは仕方がないことだ。

だが、それは何も知らずに陰口を言っていいという意味ではない。今回に関しては、斎藤は男子と距離を置いていたうえで起きた出来事なのだから、彼女にはどうしようもないことだ。それなのに、なんであんな酷い言い方が……。

一瞬、斎藤に話すべきか迷ったが、そんな考えはすぐに振り払《はら》った。話したところで何も解決するわけではないし、斎藤が陰口を言われていることを知っているかは分からないが、せっかくの優しい笑顔を今は失わせたくなかった。

機嫌《きげん》よく微笑んでいる斎藤をじっと眺める。すると斎藤は不思議そうにこてんと首を傾げた。

「どうしました？　そんなに私のことを見て。何かついていますか？」

「いや、なんでもない」

曖昧《あいまい》に首を振ると、さほど気にしていないようで目をぱちくりとだけ瞬《まば》かせる。

「そうですか?」

「ああ、本のことを話してて、早く続きを読みたいなって思ってな」

「本当に本が好きなんですね」

「まあな、本が恋人《こいびと》っていうやつだ」

「本が恋人……ですか。言い得て妙ですね」

言葉を反芻して飲み込むと、くすっと可笑しそうに笑みを溢《こぼ》す。余程おかしかったのか、肩を揺らして笑い続け、こっちを見上げてきた。

「ふふふ、とても的確な表現だと思います。確かにあなたの本への愛は気持ち悪いくらいですから。相手が本ではなく恋人なら違和感《いわかん》はないですね」

「おい、気持ち悪いって言うな」

本が大好きで何が悪いんだ。不満をのせた視線を斎藤に向ける。だが、斎藤は全く意に介《かい》した様子はなく、緩やかに笑い続ける。

「まあ、もし本が本当に恋人だったなら、俺はその恋人を金で雇《やと》ったり、貸してもらったりしていることになるんだけどな」

「うわ、最低ですね」

柔らかな雰囲気はどこへやら。ドン引きしたように冷ややかな声を零《こぼ》す。一歩後ずさり、目を細めて蔑《さげす》むように見てくる。

「いや、冗談《じょうだん》だからな？」

「分かっていますよ。最低だと思ったのは事実ですけど」

「それ、フォローになってないことに気づけ？」

ジト目な斎藤に何度も弁解することになった。

◆◆◆

和樹にお礼を述べた日から二日後。今日は久しぶりに柊さんとシフトが被っている。いつものように斎藤と本の貸し借りを終えた後、バイトの時間がやってきて事務所の方に顔を出した。勤退の手続きをしようとパソコンの前で座っていると、店長さんが事務所に入ってきた。

「あ、田中《たなか》くん」

「店長さん。お疲れ様《さま》です」

「お疲れ様。今日もよろしくね」

「はい。よろしくお願いします」

店長は自分より頭一つ小さい身長。朗《ほが》らかに笑う四十歳《さい》くらいの女性だ。そんな店長さんに頭を下げる。すると店長さんは何かを思い出したように声を上げた。

「そういえば、今日からうちの娘《むすめ》の舞《まい》がバイトに入るから、把握《はあく》しておいてね。多分後で挨拶《あいさつ》してくると思うけど」

「娘さん？」

「うん、そうそう。前から店のお手伝いってことでバイト代を出していたんだけど、学校の成績が下がったからやめさせてたのよね。今年は受験だし」

「え、受験ですか？」

「今年中三だからね」

「ああ、なるほど」

まさかの年下。一体どんな人だろうか。店長さんの人柄《ひとがら》を考えれば、悪い人ではないだろうが少しだけ不安だ。年は下でもバイトは俺よりも長くやっているみたいだし、上手く一緒にやれるといいのだが。

一抹《いちまつ》の不安を覚えながら勤退の手続きを終えたところで、また事務所のドアが開いた。

「お母さーん？」

ひょこっと顔をのぞかせてこちらを窺《うかが》ってくる一人の女の子。明るい亜麻色《あまいろ》の髪《かみ》を揺《ゆ》らし、ぱっちり二重の快活そうな瞳と目が合った。

「ちょっと、仕事中は店長って呼ぶように言ってるでしょ」

「はーい」

店長のたしなめるような口調に、渋々《しぶしぶ》ながら女の子は頷いている。

だが、どこか気の抜《ぬ》けた返事には、あまり反省の色は見えなかった。聞き流すようにプイッとそっぽを向くと、こちらを見てきらりと瞳を輝かせる。

「もしかして、田中先輩ですか？」

「あ、はい。そうですよ」

「やっぱり！」

ぱあっと顔をほころばせる姿はどこか一ノ瀬《いちのせ》に近いものを感じた。

「初めまして、七瀬《ななせ》舞です」

「どうも初めまして。田中湊です」

にっこり微笑みかけてくる彼女《かのじょ》に精一杯《せいいっぱい》の愛想笑《あいそわら》いで返す。最初が大事なので警戒されないように。出来るだけ人当たりがいいように。

舞さんは特に気にした様子もなく「よろしくお願いします」と頭を下げた。

「お母さんが言ってた通り、かっこいいね」

「でしょ。田中君のおかげでおば様達が前より良く来るようになったんだから」

「えっと……ありがとうございます？」

あまり容姿について褒《ほ》められたことがなかったので、どう答えたものか悩みつつ無難に答える。だが戸惑《とまど》って少しだけ苦笑いを浮かべてしまった。

「店長さん。舞さんにどんな紹介《しょうかい》をしているんですか」

「普通《ふつう》に話しただけよ。田中くん。これからも頼《たの》むわね」

「普通って……まあ、いいですけど」

絶対妙な紹介をされているのは間違《まちが》いない。舞さんが興味ありげに目を輝かせているし。

「もう紹介はいらないわね。私からもよろしく頼むわね」

「もういいから。お母さんはあっちに行ってて」

「はいはい。それで何か用事があったんじゃないの？」

「あ、そうだった。厨房《ちゅうぼう》の人が店長さんを呼んでって言ってたから呼びに来たんだった」

「そう、分かったわ」

すたすたと急ぎ足で店長さんは事務所を出ていった。

「はあ、疲れた」

「舞さんは休憩《きゅうけい》？」

「休憩といいますか、まだバイトの時間まであるので待ってる感じです」

そう呟きながらポケットからスマホを取り出す。そのスマホにはしゃらんと丸い球状のアクセサリーが揺れていた。綺麗な七色の光が揺れて煌《きら》めく。それは斎藤に上げたしおりにどこか似ていて思わず目を惹《ひ》かれた。

俺《おれ》の視線に気づいたのか、少しだけはにかみながら輝く球を見せてくる。

「あ、これですか？　やっぱり変ですかね？」

「いや、全然。綺麗だったから」

「ありがとうございます。実は趣味で作ったんですよ」

「え、作った？」

「はい。結構簡単に作れるんですよ」

売り物としても十分なほど丁寧に作られていて、とても手作りとは思えなかった。思わずまじまじと眺めてしまう。

「あの、あんまり見られると少し恥《は》ずかしいので……」

「あ、ごめん」

えへへ、と照れ笑う舞さんから慌ててぱっと体を離した。

想像以上に話しやすい人で良かった。内心でほっと胸を撫でおろす。初対面というのはどうしても緊張《きんちょう》してしまったが、とりあえずはなんとかなりそうだ。

腕時計《うでどけい》を見るとバイトの時間が始まる五分前。そろそろ出るかと思っていると、またしても事務所の扉《とびら》が開いた。

「失礼します」

凛《りん》とした透《とお》る声。縛《しば》った黒髪《くろかみ》を揺らす柊さんが入ってきた。

「お疲れ様です。田中さん。それと……」

「あ。久しぶりです。柊先輩《せんぱい》！」

目をぱちくりと瞬かせて固まる柊さんに、舞さんは右手を軽く上げて近づく。親しみを滲《にじ》ませた雰囲気《ふんいき》が二人に漂う。

「久しぶりですね。確か受験勉強で休んでいたのでは？」

「そうだったんですけど、無事成績が向上したので許可が下りたんですよ」

舞さんはびしっと敬礼してかしこまって見せる。どうやら舞さんのそんな様子には慣れているようで、柊さんは特に気にした様子はない。

「えっと、二人は仲がいいんだ？」

「田中くんが入ってくるまでは、私と舞ちゃんしか同年代の人がいなかったので、話す機会は多かったですね」

「そうそう。柊先輩はもともとこの店の常連さんで、その繋《つな》がりで誘《さそ》ったんですよ」

二人は互いに見合って仲良さそうにそう教えてくれる。あまり親しそうに話す柊さんを見かけたことはなかったので、その様子は意外だった。

「そういうわけで、これからはまた一緒によろしくお願いします」

「分かりました。こちらこそよろしくお願いしますね」

「はい。あ、もう動かなきゃいけないんでまた後で話しましょう」

時計を見て慌てて立ち上がると、急ぎ足で事務所を出ていく。だがまだ話したいようで。出ていくときは名残惜しそうにしていた。

舞さんがいなくなった部屋に二人きりで残される。嵐《あらし》のように去っていった舞さんの賑やかさがなくなって、シンと静かさが木霊《こだま》した。

「えっと、舞さんって賑やかな人ですね」

「そうですね。昔は大人しかったんですけど」

「そうなんですか？　全然想像つきませんね」

あんな人懐《ひとなつ》っこい人が大人しかったなんて想像がつかなかった。てっきり昔からああいう性格なのかと。

「中一くらいまではどちらかと言えば静かな人でしたよ。それが中二になって急に明るい感じに変わったんですよね。私はどちらの彼女も好きですが、今は中学でかなりの人気者になっているみたいです」

「へえ、そんなことが」

遅《おそ》い中学デビューみたいなものだろうか？　たとえ強引に変えたのだとしても、それは頑張《がんば》った結果であり、尊敬に値する。人が変わるのはそう容易なことではないのだから。

「あれだけ明るければ確かに人気者っていうのは頷けますね」

「……田中さんは舞ちゃんみたいな方が好みなんですか？」

躊躇《ためら》いがちな口調。ちらっと上目遣《うわめづか》いに、控《ひか》えめな様子でこっちを窺ってくる。

「いえ、特に好みというわけではないですよ。一般的《いっぱんてき》に人当たりのいい人はモテやすいのでそう思っただけです」

「そうですか」

視線を斜《なな》め下に向けると、くるくると髪《かみ》の毛先《けさき》を触《さわ》りながら柊さんは呟く。その表情は澄ました表情で、俺の返答に納得したのかどうかは分からなかった。

まさか柊さんに異性の好みを聞かれるとは。あまりそういう恋愛事《れんあいごと》に興味はなさそうだと思っていたので、意外だった。せっかくの機会だし、こっちも聞いてみようか。

「恋愛はあまり興味がないので好みとかは特にないですね。柊さんはどういう方が好みなんですか？」

「わ、私ですか？」

自分は聞かれると思っていなかったようで、かあっと頬《ほお》を赤らめる。あまりこういう話に慣れていないのだろう。瞳《ひとみ》を慌ただしく左右に揺らして、その動揺《どうよう》具合が窺い知れた。

質問をしておいて今更《いまさら》ながら、女子に好みとかを聞くのは失礼だったかもしれないと、焦りが出てくる。

「あ、嫌だったなら答えなくって大丈夫ですよ。異性にそういう話をするのは嫌ですよね。配慮《はいりょ》が足りなくてすみません」

「い、いえ。驚いただけなので嫌ではないです。そうですね……外見だけではなくちゃんと中身を見てくれる人でしょうか」

頬を朱《しゅ》に染めながら、どこか窺うようにこちらを見上げる。耳まで赤くしながらもその声音《こわね》は柔《やわ》らかく、真摯《しんし》で切実な想《おも》いのように感じられた。

「もしかして、以前に話していたお世話になっている男の人ですか？」

「えっと……そうです」

さらに分かりやすく色づかせる姿から、柊さんが本当にその人のことが好きなことが伝わってくる。普段《ふだん》の冷静沈着《ちんちゃく》な彼女から想像できない動揺して恥ずかしそうにしている姿は、不覚にも可愛《かわい》らしかった。

「本当にその人のことが好きなんですね」

「そ、そんなに分かりやすいですか？」

「そうですね。普段の態度とは全然違《ちが》いますから」

「そうですよね。急に聞かれるから動揺してしまって……」

「あ、いえ、別に変な姿とかそういうわけではないですよ。可愛らしいとは思いますし。ただ分かりやすいというだけで」

「そ、そうですか。可愛らしいですか……」

　もにょもにょと口を動かして、きゅうと持っていたバッグの手持ちの部分を握《にぎ》りしめる。そして小さく俯《うつむ》いたままもじもじと体を左右にわずかに揺らした。

　どうしてそんな口籠《くちご》もっているのだろうか？　もしかしたら、俺が気を遣《つか》っていると思ったのかもしれない。

「気を遣って嘘《うそ》をついているわけではないのでそこは安心してください。可愛らしいのは本当です」

「も、もう分かりましたから。とりあえずこの話はもう終わりにしましょう。これ以上は……恥ずかしすぎます」

なんとか嘘でないことを伝えようと真剣《しんけん》に話したが、ストップがかかってしまった。顔を真っ赤にしたままぶんぶんと首を振《ふ》って話を止められた。慣れない恋《こい》バナに限界だったらしい。

「……分かりました。ただ、俺は応援《おうえん》してますので頑張ってください。よかったら相談にのりますし」

「相談、ですか」

「はい、日ごろこっちの相談にのってもらっているんですから、お互い様ですよ」

「そ、そうですね。機会があれば」

やはり今回の話がこたえたようで、頬を桃色《ももいろ》に染めながら遠慮《えんりょ》されてしまった。

「相談と言えばこの前のプレゼントの相談にのっていただきありがとうございました」

「あ、はい。力になれたならよかったです」

「力になったなんてものではないですよ。彼女が喜んでくれたのは柊さんのアドバイスのおかげといっても過言ではないです。柊さんの二つあげて良いというアドバイスがなければあんなに彼女を喜ばせられませんでしたから」

柊さんのアドバイスがなければ、無難に本だけを贈《おく》って終わっていただろう。それでも斎藤は喜んでくれただろうが、しおりを贈ったときのあんな表情は絶対引き出せなかった。あれほどの表情を見られたのは柊さんのアドバイスのおかげにほかならない。

「そんなに嬉《うれ》しそうにしてました？」

「もちろんです。気にいって次の日から使ってくれていますし、なにより贈ったときが凄《すご》かったですから」

「何があったんですか？」

「俺が彼女の笑顔《えがお》が好きなのは前に話しましたよね？」

「は、はい。そう言っていましたね」

少しだけ声を上擦《うわず》らせて、瞳を左右に何度か揺らす。

「それまで見たことのあった笑顔って薄《うす》い微笑《ほほえ》みくらいだったんですけど、そのときに見た笑顔はそれまで見たどの笑顔よりも優《やさ》しくて柔らかくて、上手く言葉にはできないんですけど、そんな感じの笑顔だったです。流石《さすが》にすごく喜んでくれているのは分かりました」

「そ、そんな表情をしていたんですか……！」

一瞬《いっしゅん》目を丸くして固まると、両手を頬に当てて俯いてしまった。

「あれには不覚にも見惚《みと》れてしまいましたね。こんなこと本人には言えないですけど」

「はい、こんなこと知られたら恥ずかしすぎます」

「と、とにかくその彼女さんがどれだけ喜んだのかは分かりました。も、もうバイトの時間みたいですし先に行きますね」

「そ、そうですよね」

柊さんは早口でそう言い残してスタスタと去って行く。時計を見れば、もうすぐバイトが始まる時間だった。危ない。危ない。つい夢中になって話しすぎてしまった。あまりこういうことを話せる相手がいないので、もう少し話したかったが残念。また今度聞いてもらおうと、惜《お》しい気持ちを抱《かか》えて自分もバイトの準備を始めた。

学校の図書館は校舎の一番端、さらには渡《わた》り廊下を進んだその先にある。建物自体が古く、近くには県で運営されている新しい図書館があるため、勉強をする人は大体がそちらに向かう。そういう事情があるために学校の図書館はほとんど利用者がいなかった。

この日はバイトが入っていたので、図書館で斎藤《さいとう》と会う約束をしていた。

放課後になり、教室を出ていつものように図書館へと向かう。人の気配は分かりやすく図書館の方向へ近づくごとに減っていく。静かに、穏《おだ》やかに。教室の賑《にぎ》やかさが嘘のように静寂だ。

先生の話が長引き教室を出るのが遅くなってしまった分、通ったときの廊下の賑わいはいつもより減っていたが、それでも今の空き教室周りに比べれば騒《さわ》がしかった。

遠くから響いてくる話し声を背中に置いて、足取り軽く突き進《すす》む。今回読んだ話はとりわけ面白かったので、早く斎藤と語り合いたかった。きっと盛り上がるに違いない。そう確信していた。

校舎の端までたどり着き、あとは渡り廊下を渡るのみ。ドアを開けば、渡り廊下とその先の図書館の入り口が見えるだろう。だが、そのドアの前に、見たことのある姿があった。

扉を背にして寄りかかり、俯くようにして胸に抱《だ》いている本を見つめている。背後の扉のガラス窓からは外の光が薄暗く黒髪を照らしていた。

「どうしたんだ？　こんなところで」

「あ、こんにちは」

顔を上げてこっちを見つめてくる斎藤。その瞳には普段の鋭さがなく、どこか弱々しい雰囲気を漂《ただよ》わせていた。こんな変な様子はあの熱の時以来。だが、熱っぽいような感じはなく、ただいつもよりも沈んだ表情を浮《う》かべている。明らかに普段とは違う雰囲気についい心配してしまう。

「本当にどうした？」

「えっと、その……」

どこか迷うように一瞬《いっしゅん》瞳《ひとみ》を彷徨《さまよ》わせる。話すべきか話さないべきか、困ったように眉《まゆ》をへにゃりと下げた。斎藤が話すなら聞こうと思っていたし、話さないなら深くは聞かないつもりだった。

だが斎藤の返事よりも早く、扉を隔《へだ》てて向こう、渡り廊下から少し声の高い女子たちの会話が廊下に響《ひび》いた。

「ほんとさ、斎藤さんって何様なんだろうね。部長の告白断るとかさ」

「それ。二度も告白してもらってて、振るとかなくない？」

「だよね。普通付き合うでしょ。わざわざみんなの前で断るのも酷すぎだし、せめて後から返事するとかあるじゃんね」

「モテてるからって調子に乗りすぎ。ここ一年くらいは特に男との噂がなかったから、何も文句はなかったけど、流石に沢山《たくさん》のファンがいる部長に手を出すのはないでしょ」

「ほんとだよね。しかも私たちが部長のファンで同じクラスなのに狙うとか、当てつけ？って思うし」

以前に聞いたような言葉の数々。悪意の滲んだ声には嫉妬や僻みが入り交じり、えも言われぬ不快感が心の奥底《おくそこ》に湧き上がる。前に話していた人たちもこの人たちなのだろうか？　斎藤が扉の前で立ち止まっていた理由を察した。

「ああ、そういうこと」

俺の声に斎藤は顔を伏《ふ》せて彼女自身の右手で左肩《ひだりかた》をつかみ体を抱くようにする。

その姿に毒々しいなにかが胸の内に広がっていく。苦々しい感情を抑《おさ》え込むように、ぎりっと歯を食いしばって扉に手をかける。

だが、開けようとした右手を止めるように袖《そで》を摘《つ》まれた。

「口を出すのはやめてください。余計なことをされても困ります。酷《ひど》くなるだけですから」

「分かってるよ。別にお前のフォローとか考えてないから」

扉の向こうの彼女たちに聞こえないようにするためか、囁《ささや》くようにして止めてくる斎藤の手を引き離《はな》す。不安そうに見上げてくる彼女に「適当にそこの物陰《ものかげ》にでも隠《かく》れててくれ」と声をかけて、扉を開けた。

扉がレールを擦《こす》る音が響き渡る。その音に気づいたのか、開けた視界の先には三人の女子がこっちを見ていた。明るい金髪ロングの女子が訝《いぶか》しむような視線を向け、その奥《おく》に二人、茶髪《ちゃぱつ》のボブと黒髪のポニーテールの子が目を丸くしている。

その三人は見たことがあった。おそらく斎藤と同じクラスだったはず。特に真ん中の金髪の女子は荒城《あらき》さんという名前だった気がする。俺でも名前を知っているくらいなのだから、学年でかなりの有名人なはずだ。その三人は突然《とつぜん》現れた俺に戸惑いを隠せないようで固まっていた。

一歩、彼女たちの方に踏《ふ》み込みながら考える。

確かに、彼女たちの会話には納得《なっとく》できる部分はあった。自分が応援していた人が告白してそれを振ったとなれば、振った相手に取られたような気分にもなるだろう。それは仕方のないことだと思う。だとしても、だからと言って陰口をしても良いというのは間違っている。それは許されるべきことではない。

だが、斎藤も言っていた通り、彼女たちの陰口に触《ふ》れることは悪手だ。まったく知らない男が注意したところで、彼女たちは反省もしないし、止めもしない。

むしろ男にかばわれている噂を流され、さらに状況《じょうきょう》を悪化させるだけだろう。そのことを分かっているから、何もしなかったし、できなかった。クラスでも目立たない無名な俺が一人では彼女たちに対抗《たいこう》できるものが何もなかったから。

でも、今だけは違う。今の場所。立場。現れたタイミング。奇《き》跡的《せきてき》に実現した唯一《ゆいいつ》だけ彼女たちに対抗できるものがある。俺が最も強く持つもの。この時だけは武器になる。

「そこ退いて」

「は？　なに、急に？」

わざと低めの声で命令っぽい口調で伝えれば、予想通り、荒城さんが威《い》圧的《あってき》に眉を顰《しか》める。

「そこの図書館に用事があるので」

「は？　図書館？」

「そこ図書館なんで」

端的《たんてき》に話して無愛想《ぶあいそう》さを演出しつつ彼女たちの奥の扉を指し示す。さらに批判しやすい所を見せつつ不快にさせることを口にした。

「あと、煩《うるさ》いんで黙《だま》ってもらえますか？　本を読む邪魔《じゃま》になるんで」

「は？　なんであんたにそんなこと言われなきゃいけないわけ。本とかどこでも読めるでしょ」

「それなら話すのもどこでも出来ると思いますけど？」

「っ！　うざ。本とかきもいし、ほんと邪魔すんなって」

「そうだし。別にそっちの言うこと聞く必要ないでしょ」

金髪《きんぱつ》の女子に合わせるように隣《となり》の茶髪の人が付け足してきた。

本当に御《ぎょ》しやすい。予想通りの展開だ。今回の利はこちらにある。あきらかに注意している内容はこちらが正しいし、それは彼女たちも内心では分かっているだろう。

だがそれでも反論してくるのは、俺が彼女たちから見て、立場が下の取るに足らない目立たない男子と認識《にんしき》されているからだ。下のやつに不快にさせられて、引くに引けないのだ。

だったら、あとは引く理由さえ用意してやればいい。そのためにわざと本を話題に出したのだから。

「は？　本を馬鹿《ばか》にしないでもらえますか？　本には様々な魅力《みりょく》があるんですよ。本は心を豊かにしてくれますし、いろんな言葉を教えてくれるんです。それに、本というのは昔の時間というものを閉じ込めたものでして、読むとその本を書いた人の考えや、その人が生きた時代というのが分かってですね……」

「え、ちょっと急になに？　オタクが語んないでよ。早口でなに言ってるか分からないし、まじできもすぎ」

　ドン引きしたように金髪の人が一歩後ずさり、罵倒《ばとう》を残して俺の横を通り過ぎる。キッとすれ違う時に睨《にら》まれたが、三人とも去っていった。

（ふう、もう少し本の魅力について語りたかったぜ……）

　内心で強がってみるが、やはり慣れないことはするものではない。見えない疲労感に思わずため息が出る。そのまま気が抜け、近くの柱に寄りかかりながらずるずるとへたり込んだ。

　渡り廊下《ろうか》に座《すわ》り、地面に視線を落としてもう一度息を吐《は》く。それから顔を上げれば、渡り廊下の屋根と倉庫の間から、曇天《どんてん》が見えた。厚い雲が空を覆《おお》い、薄暗さを周りに漂わせる。重い空気は消えることなく残り、呼吸は少し苦しい。

　ぼんやり天を眺《なが》めていると、俺の視界を遮《さえぎ》る影《かげ》があった。

「大丈夫《だいじょうぶ》ですか？」

　斎藤が心配そうにこちらの顔を覗《のぞ》き込み、僅《わず》かに首を傾《かたむ》ける。その動きに従ってさらさらと黒髪も揺《ゆ》れた。綺麗《きれい》な宝石のような瞳と目が合った。パンパンとお尻《しり》の埃《ほこり》を払って立ち上がる。

「ああ、大丈夫だ」

「向こうで会話が聞こえていましたけど、あなた急に語りすぎです。流石に私でもあれはドン引きしました」

「ついさっき、彼女たちにめったために言われたところなのに、とどめ刺さないでくれる？」

　ちょっと、今そんなに言われたら俺でもメンタルやられちゃうよ？　冷ややかな目を向けてくるので、肩《かた》を窄《すぼ》めておどけて見せる。そんな俺を斎藤は俺から視線を外すことなくじっと見て、分かりやすく、はぁ、とため息を吐いた。

「彼女たちの反応を予想できないあなたではないでしょう……助けてくださってありがとうございます」

「お前に感謝されるようなことは何もしてない。俺が本を借りられなくなりそうだったから、追い払っただけだ」

「まったく、もう」

不満げな言葉とは裏腹に優しい微笑みを浮かべて見せてくる。穏やかで柔らかい表情に、さっきまでの悲しげで痛々しい雰囲気の片鱗《へんりん》はもうない。

「それより、お前の方こそ大丈夫か」

「はい、ああいったものは慣れていますから」

「……そうなのか」

慣れているからと言って傷つかないわけではない。さっき浮かべていた辛《つら》そうな表情が物語っている。

だが、斎藤は俺を心配させないためか緩やかに微笑んでおり、その姿はどこまでも強く気丈《きじょう》で、気高く美しかった。

「注意したりはしないのか？」

「したところで何も変わりませんよ。火に油を注ぐことにしかなりません」

「まあ、そうだよな」

「あなたもそれが分かっているから、あんな回りくどいことをしたのでしょう？」

「だから、本のためだって」

「もういいですから、それは」

　バレバレだとでも言いたげに呆《あき》れられる。

「ああいうことはよく言われているのか？」

「そうですね……色んな人に言われていますが、あそこまで言われたのは彼女たちが初めてです。もともと私のことをあまり良くは思っていないようでしたが、告白されたのがまずかったんでしょう」

「そういうことか」

「とにかく、何かをしたところで状況は良くなることはないでしょうし、時間が経《た》つのを待つだけです」

「それしかないよな」

　斎藤の考えには同意だ。時間は大体の問題は解決してくれる。人の気持ちというのは良くも悪くも時間とともに変わるので、時間が経つまで大人しくしているのが最良の手だろう。俺一人ではこの状況は変えられないし。

「悪いな。俺一人でどうにかしてあげられなくて」

「いいえ。こういうのは本当に慣れているので気にしないでください。それに、あなたにはもう何度も助けられていますから」

「そうか？」

いつだって斎藤にはお世話になっているので、その恩の分を返していただけに過ぎない。

斎藤に感謝されるようなことをしたつもりはなかった。

「そうですよ。今回だってわざとあんなに言われることをして……」

眉をへにゃりと下げて、何かを訴《うった》えるように見つめてくる。その表情に居心地《いごこち》が悪くなり、そっと顔を逸《そ》らす。

「別にいいんだよ。赤の他人に何を言われたって構わない。もう話すことはないだろうしな」

「そういう問題ではありません。私の問題です。私の友人があんな言われ方をされるのは許せません。少し腹が立ちました」

「お前でも怒《おこ》ることとかあるのな」

「それは、もちろんありますよ。私を何だと思っているんですか」

少しだけ唇《くちびる》を尖《とが》らせて不満そうに見つめてくる。

「んー、本好きの人？」

「それを言ったらあなたは本バカです」

酷い言い草に苦笑《くしょう》を零《こぼ》す。

「言っていることはさっきの人たちと同じだぞ？」

「それは、そうですけど……」

少し困った表情を浮かべる斎藤。

「分かってるよ。俺だって斎藤の前ではわざと言っているところがあるしな」

「え、素ではなかったんですか？」

斎藤は驚《おどろ》いたように目を丸くする。心外だ。もちろんわざとに決まっているだろ。……半分は本気だけど。どちらとも言えず目を逸らした。

「と、とにかく、俺だって今回の行動はあの人たちに斎藤のことを悪く言われるのに苛立《いらだ》ったからだし、おあいこでいいだろ？」

「そうですね」

「あわよくば本に惹かれてくれるのは期待していたんだがな」

「それは無理ですよ。あなたのことを知っている私でもあれは引きましたから。それなのにあの人たちにとってあなたは知らない人ですよ？　そんな人が急に語りだすとかもう不《ふ》審者《しんしゃ》ですからね？」

言っていることは辛辣《しんらつ》だが、可笑《おか》しそうにくすくすと笑っていた。

（……よかった）

笑う彼女を見て、いつもの雰囲気に戻《もど》ったことにほっと安堵《あんど》する。やはり斎藤は笑顔が似合う。あんな辛そうな表情はふさわしくない。自分が何を言われようと別に関《かか》わりのない人からなら問題ないし、らしくないことをした甲斐《かい》があった。やっと笑ってくれたと、胸を撫《な》でおろした。

斎藤の笑顔を取り戻せた翌日、和樹《かずき》とともに学食に来ていた。この学校の食堂はかなり人気で、昼休みには多くの生徒たちで賑わう。もちろんそんな人たちが全員入れる場所なので、この食堂はかなり広い。数えきれないほどの長机と椅子《いす》が並んでいる。朝こそ整理され見事なほどきれいに配置されているが、昼休みとなった今ではずれたり移動させられたりしてかなり乱雑になっていた。

様々な会話がひしめき合い、賑やかな喧騒《けんそう》が一帯に広がっている。それらの元となっているのは友人同士で固まった集団だ。俺も和樹との二人であったが、そんな賑わいに会話を溶《と》けこませた。

「やっぱり、食堂は暖かいね。前の時の屋上とは大違《おおちが》い」

「確かにな。あの時は本当に寒かった」

スープで誤魔化《ごまか》していたが、あれはきつかった。あの日に比べれば、ここは天国と言ってもいい。遠くで動く暖房《だんぼう》の音が聞こえ、この食堂の暖かさを物語る。その音を聞きながらカレーを頬張《ほおば》りそっと食堂のガラス張りの窓を見れば、曇《くも》り空《ぞら》が広がりその光景を濁《にご》らせるように窓が結露《けつろ》し濡《ぬ》れていた。

そんな様子を眺めながらゆっくり飲み込んでいると、和樹が何かを思い出したかのように声を上げた。

「あ、そういえば昨日、図書館にきもいオタクが現れたんだって」

「は？　なんだ、その話」

おいおい。誰《だれ》だよ、そいつ。神聖な図書館の前でなにしてんだよ。

「女子三人が話してたら、急に現れて本について語り始めたらしいよ」

「まじか、完全に怪《あや》しい奴《やつ》じゃん」

あ、やっぱり俺だった。とぼけながらなんとか言葉を返す。改めて他人の口から話を聞くと、完全にやばい奴だわ。ドン引きしていた昨日の斎藤の姿が脳裏《のうり》に浮かんだ。

「なんでも黒縁《くろぶち》眼鏡をかけてる、ザ、陰《いん》キャみたいな奴だったらしくて超早口《ちょうはやくち》で説明してきたんだって。本の魅力がどうこう、みたいな話だったらしい」

「へー、そんな奴もいるんだな」

「とぼけようとしているみたいだけど、さっきから話し方が棒読みだからね？　これ、湊《みなと》でしょ」

呆れながらこっちを見てくる。

「ほんとなにしてんの。流石に急に現れて語り始めるとか、僕《ぼく》でも引くよ？」

「うるさいな。止《や》むに止まれぬ事情があったんだよ」

「ふーん。そっか。きっと湊のことだから本当に何かはあったんだろうけど、でも、今回のは面白《おもしろ》すぎるって。完全に危ない人だよ？」

何かはあったことを察してくれたみたいだが、それでも可笑しそうに笑うので、睨みつけておいた。

その後はたわいもない会話が続いていった。時々和樹と話しながらカレーを味わいお昼を満喫《まんきつ》する。残りもあと少しとなった時だった。

「お、斎藤さんいるじゃん」

「ほんとだ。相変わらず可愛いよね。あれでもう少し男子とも仲良くしてくれたらなー」

「無理無理。サッカー部のあの部長ですら振られたって話だぞ？　それで今一部の女子に睨まれているらしい」

「まじか、女子怖っ！」

後ろの男子たちの会話が聞こえてきた。その声に食堂内を見渡《みわた》せば、見慣れた光景、周りから注目を浴びる集団があった。その中心にはもちろん、綺麗な黒髪を煌めかせて座る斎藤がいる。そこまではいつも通りだが、斎藤たちの集団を取り巻く人たちの中に一部鋭《するど》い視線を向ける女子たちがちらほらいた。

その中には昨日見た三人組もいる。彼女《かのじょ》たちは睨むような、嫌《きら》うような暗い視線を斎藤に向けて何か話している。やはり、そうそう気持ちは変わらないらしい。昨日は状況が上《う》手《ま》くかみ合わさりなんとかできたが、問題自体が解決したわけではない。

ただ、先送りにして時間を稼《かせ》いだだけだ。それでも状況の改善には繋がるので、昨日の行動は後悔《こうかい》していない。

「この前屋上から教室に戻るとき斎藤の陰口《かげぐち》を聞いたが、昨日も同じような陰口を聞いた」

「へぇ、湊にまでその話が行くってことは、相当広がっているっぽいね」

「そんなに噂《うわさ》になっているのか？」

驚くように目を丸くする和樹に、つい尋《たず》ねる。俺《おれ》が想像するよりも斎藤を取り巻く状況は悪くなっているのかもしれない。

「うーん、陰口自体を言っている人はそこまでいないけど、そういう陰口が言われているらしいって話は結構な人が知っているんじゃないかな？　特に二年生は斎藤さんと同じ学年だし、ほとんどの人が知ってると思ってもいいかもね」

「そんなにか……」

「そりゃあ、有名人が有名人に告白して振られたからね。色々言われるのは仕方のないことだよ。恋愛事情なんて特に話題になりやすいし」

経験があるのか、和樹はうんざりしたようにため息を零す。

「ただ、今回広まっている話ってのは、斎藤さんに嫉妬《しっと》したサッカー部の部長のファンが陰口を言っているって話だから、そこまで酷くはならないと思うよ」

和樹のその言葉に少しだけ安堵する。学校の空気というのを変えるのは難しい。その空気が斎藤への敵意に変わらないなら、ひとまずは安心できる。

だが、それでも現在は陰口があり、斎藤を傷つけている。それを俺一人でなくす方法は残念ながら思いつかなかった。俺の学校での立場では学校の空気を変えるようなことはできない。そんな立場ではどうしようもなかった。

しかし和樹は立場が違う。俺にないものを沢山持つ和樹なら何か方法があるかもしれない。

「その陰口自体は止められないのか？」

「なに、斎藤さんと何かあるの？」

探《さぐ》るような好奇《こうき》に満ちた瞳をこちらに向けてくる。

「なんにもねえよ」

「ふーん？　今は陰口の話題に消えちゃったけど、実はもう一つ斎藤さんに関して噂があったんだよね。どうやら斎藤さんが図書館で男子と話しているところを見たって話なんだけど」

それは確信めいた表情。もうすべてを知っていると物語る表情に仕方なく、口を開いた。

「はぁ……少し前に本について話したことがあるから多分そのときだ」

「へぇ、そこは素直《すなお》に認めるんだ。もっと意地を張ると思ってたのに」

もうここまで感づかれたら、誤魔化しようがない。

「もうばれているんだから、認めるしかないだろ。ただ、お前が想像するようなことは何もないぞ。話したのもその一度きりだし」

「……そうかい」

どこか信用してなさそうな目をするが、これ以上教える気はなかった。話せばさらにしつこく聞かれるのは目に見えているし。俺の態度に察したのか、それ以上は追及《ついきゅう》する気はないようで、穏やかな表情に戻した。

「さっきの質問だけど、残念ながら僕ではどうしようもないね。僕が陰口を言う女子に注意したところで斎藤さんを庇《かば》ったと思われて余計に悪化するだろうし、先生に言ったところでたかが知れてる。一瞬は収まるかもしれないけれど、すぐにまた始まるだろうね。それも押さえた分さらに大きくなって。」

和樹は考えるように顎《あご》に手を当てながら淡々《たんたん》と語っていく。その話は全《すべ》て俺も考えたことのある方法で、諦《あきら》めた方法だ。

「このぐらいは湊も想定済みでしょ？　それでも聞いてきたってことは僕だけが取れる手段を知りたいんだろうけど。僕だけが取れる手段とするならあとは仲のいい女子に頼《たの》んでみるとかかな。でも、僕はあくまで全員に分け隔てなく接するから女子同士も仲いいけど、特別扱《あつか》いする女子が現れたら逆に陰口をする側に変わる人も出てくるだろうね」

「……確かにそうなるな」

期待していた和樹だけの手段も望みが潰《つい》える。

「悪いね。僕だって湊が気にするくらいだし、助けられるなら助けたいと思うよ。でも、無理だよ。現に僕は昔、失敗しているんだ。何も手を出さないで時間に任せるのが最良だよ」

悔《くや》しさを滲《にじ》ませる姿は、普段の和樹とは程遠《ほどとお》い。こちらを真っすぐに見つめる表情は、俺に注意をしているようで、最後には諦めるように小さく笑った。

「色々考えてくれてありがとな。正直お前がこう真面目《まじめ》に答えてくれるのは意外だった」

「今回の状況が昔とあまりに似ててね。無様に失敗した男の忠告とでも思ってよ」

昔というのは以前話していた好きな女の子に関わることだろうか？　色々気にはなるが、話さないなら聞くつもりはない。

重要なのは和樹の話だ。失敗の経験が和樹を今の和樹にしていて、その和樹が手を出すのはやめろと言っている。普段はふざけているあいつが真剣に訴えてくるというのは、それだけ説得力があった。だから俺は首を縦に振った。

「……ああ、分かった」

俺一人ではどうしようもないし、和樹にも無理なのだからもう諦めるしかないのも分かっている。だが、悔しくやるせない気持ちだけは消えることはなく、いつまでも残っていた。

ここ最近冬の時期にしては珍《めずら》しく、雨の日がずっと続いている。しとしとと天が涙《なみだ》を零すみたいに、やむことなくいつまでも流して地面を濡らす。地面に溜《た》まった水たまりに雨《あま》粒《つぶ》が波紋《はもん》を広げて、自分の存在を周りに知らせるように、何度も何度も水面を揺らしていた。

校舎を出て校庭に広がるそんな光景を眺める。以前の雨の日に斎藤と一緒《いっしょ》に帰ったことがあったが、今日は斎藤はちゃんと傘《かさ》を持ってきていたらしい。学校の玄関先《げんかんさき》の屋根の下に彼女の姿はなく、知らない人たちが一緒に下校している姿だけが散見された。

あの日の出来事を思い出す。あの日は今でも強烈《きょうれつ》に印象付けられていて、鮮明《せんめい》に記憶《きおく》に残っている。

同じ傘の下で肩が触れ合いそうなほど近かった距離《きょり》感。甘《あま》く心地《ここち》いい彼女の匂《にお》い。緊張《きんちょう》して急いで向かったこと。どれも記憶に新しい。その後、なぜか家の中に招かれたこと。二人きりで過ごした時間。雷《かみなり》がやむ間に交《か》わした会話。最後の別《わか》れ際《ぎわ》の挨拶《あいさつ》。すべてを思い出して、僅かに頬《ほお》が熱くなった。

「はぁ」

熱を逃《に》がすように思わずため息が出る。別に彼女を恋愛《れんあい》対象として見ているわけではない。だが、あの日だけはどうしても異性というものを強く感じてしまって、その罪悪感が抜《ぬ》けない。

元からそうであるが、最近の斎藤を見ていれば、俺のことを異性としてなんて全く意識していないことだけは分かる。友人として、趣味《しゅみ》の合う人として、そういうスタンスで親しくしてくれているのだ。

そんな彼女に対して、異性として意識するなんてあってはならない。友人だから一緒にいられるのであって、男女としては一緒にはいられない。幸い最近は斎藤とは本の話をすることがほとんどで、特段妙《みょう》な出来事が起きていないから意識することはない。

だが、もし俺が異性として意識していることがばれたら、彼女は離れていくだろう。ばれはせずともその素振《そぶ》りを見せただけでも、警戒《けいかい》するに違《ちが》いない。

だから、絶対彼女のことを女子としては見たりしない。友人として趣味が共通の人として接する。せっかくの大事な友達を失いたくはないから。そう改めて心に決める。決心を示すようにぐっと足裏に力を込めて、一歩踏み出した。

傘をさして斎藤の家への道のりを歩くと、足をつくたびにぴったんぴったんと音が鳴って水が跳《は》ねる。その音はまるで俺の進んできた道を残す証のようだった。そんな証を残して、先へと進む。

斎藤の家に着いたとき、既《すで》に空は夜だった。太陽はどこにもなく、暗闇《くらやみ》だけが辺りを包み雨音だけを運んでくる。昼間よりも一段と冷え込み、寒さがピリピリと頬を刺《さ》して痛い。息を吐けば白い靄《もや》がわずかに出た。靄が空気に溶け込むのを見届けて、いつものように呼《よ》び鈴《りん》を鳴らす。少しの間をおいて、ガチャリとドアが開いた。斎藤が本を二冊片手で胸に抱きながら出てくる。

「こんばんは」

「こんばんは。これが昨日借りた分の本な」

「はい、ありがとうございます。では、こちらが次の本ですね」

互《たが》いに持っていた本を交換《こうかん》する。

「ありがとう。今回も面白かった」

「それはよかったです。どこが一番良かったですか？」

「この作品って事件の解決も面白いが、複雑な人間関係も魅力の一つだろ？」

「そうですね」

「今回の作品は特に人間関係の部分に惹《ひ》かれたかな」

「なるほど。確かに今回のは複雑ですからね」

ふむふむと頷《うなず》く斎藤。本というのはストーリーが面白いのも大事だが、やはり人間味のある登場人物がいるとそれだけ魅力が増す。複雑な関係や過去のトラウマ、絡《から》まる様々な思惑《おもわく》がより物語に深みを生むので、安直な登場人物よりも一癖二癖《ひとくせふたくせ》ほどある人物が好みだ。

「今回出てきた登場人物だと、やっぱりあの婆《ばあ》さんが一番好きだな」

「え、あんな年上の人が良いんですか」

「おい？　性格の話だぞ？　恋愛対象の話じゃないからな？」

少し引きつった表情を浮かべる斎藤に、すかさず注意を入れる。勝手にババ専にされたらたまらんからな。すると斎藤はくすくすと可笑しそうに笑った。

「冗談《じょうだん》です。分かっていますよ」

いたずらが成功したように笑う斎藤は、相変わらず魅力的《みりょくてき》だ。ふだんの冷静で冷めた表情とは違い、柔《やわ》らかく明るい。やはり斎藤には笑顔《えがお》が似合う。それを再認識《さいにんしき》して本の感想で盛り上がった。一通り会話が盛り上がったところで、斎藤は何か思い出したように声を上げた。

「あ、聞くの忘れてました。来週はいつ用事がありますか？」

「あー、来週は月曜と金曜日は図書館で頼む」

「分かりました、少しメモしますね」

そう言ってポケットからスマホを取り出し、電源をつける。そのときロック画面の写真が目に入った。

「それ……」

「どうしました？」

メモアプリを起動し文字を打ち終えて不思議そうに首を傾《かし》げる。

「普通《ふつう》のメモアプリですよ？　何か変なところありました？」

「いや、そっちじゃなくて、ロック画面の方なんだが……」

「……あ！」

一瞬《いっしゅん》きょとんとして固まっていたが、すぐに俺の言わんとしていることに気づいたらしく、頬をほんのり朱《しゅ》に染めた。そのまま、スマホの画面を隠すように胸に抱く。

だが、その腕《うで》の隙間《すきま》から、俺がプレゼントしたしおりの写真が見えていた。

「べ、別に私が何をロック画面にしようと勝手でしょう⁉」

「あ、ああ。別に責めているわけじゃないぞ？」

「じゃあ、なんですか？」

知られたことが相当恥《は》ずかしいのか、顔を赤くし冷たく言い放ってくる。睨むような視線にそっと肩を竦《すく》めて見せた。

「いや、本当に気に入ってくれているんだなと思ってな」

「当たり前です。とても綺麗ですし。お気に入りのものをロック画面に設定して悪いですか？　それとも何か文句でも？」

「いや、なんにもないよ」

　これ以上触れるな、と顔に書いてあり、苦笑いを浮かべてそれ以上話を続けるのを止《や》めた。

「そういえば、噂の方は大丈夫か？」

「まだそれほど時間が経っていませんし、状況は相変わらずですね。きっと冬休みを挟《はさ》めば収まると思いますから、そこまでの辛抱《しんぼう》ですかね」

「そうなのか。まあ、お前は可愛《かわい》いし、噂になるのは仕方がないとは思うが、それでも早く収まるといいよな」

　もうこれ以上、斎藤が傷ついているところは見たくなかった。彼女が平気というならそれ以上何も言えないが、それでもあんな辛そうな表情はもうして欲《ほ》しくない。そう思っての発言だったのだが、斎藤は予想外のところに食いついてきた。

「……可愛い？」

　びっくりしたように目を丸くして、そのあと小さく俯《うつむ》く。そしてまた、こっちを見上げて躊躇《ためら》いがちに窺《うかが》ってくる。

「客観的な事実の話だぞ？　学校一の美少女なんて言われている通り、多くの人にとってお前の姿は目を惹くからな」

「……あなたは私の容姿に全く興味を示さないですけどね」

「当たり前だ。そういうのはお前が一番嫌《いや》だろ？」

何度も繰《く》り返されてきた会話。いつだって俺の答えは決まっている。彼女が望むように。この関係が壊《こわ》れないように。大事なものは失いたくないから。だから答えは変わらない。

「本を貸してもらっているんだ。妙な勘違《かんちが》いを起こして本を借りられなくなるほうが辛いからな。安心しろ。絶対好きにはならないから」

可愛い、という言葉に反応したことから、もしかしたら俺のことが疑われているのかもと思い、いつも以上に念を押《お》して斎藤を安心させようとした。これでまた呆れたように笑うだろう。そう予想して。

——だが斎藤の反応は違った。

「それは……安心ですね」

斎藤はゆっくりと言葉を紡《つむ》ぎ、小さく微笑《ほほえ》む。いつか見た、作り物の貼《は》り付けた笑顔をのせて。だが、その仮面は不完全で彼女の感情は漏《も》れ出ていた。悲しく苦しそうな笑《え》みはとても痛々しく、俺が彼女を傷つけたことだけはすぐに分かった。

「え……」

「すみません。やかんに火をかけたままなのを忘れてました。これで失礼しますね」

急に斎藤はそれだけ言い残して中へ入ってしまった。ばたんと扉《とびら》を閉じる音だけが通路に響《ひび》き渡《わた》る。その音は俺と彼女の間の関係を閉じる音にも聞こえ、ただ茫然《ぼうぜん》と立ち尽《つ》くす。

ざあざあ、とさっきよりも雨足の強まった雨音だけが異様に強く聞こえた。

斎藤side

扉を閉めて中へ入ると同時に涙が零れだす。分かっていたのに。分かっていたことなのに。拭《ぬぐ》っても拭っても涙は止まらない。

彼《かれ》が私のことを好きにならないなんて知ってた。友達としてしか見てないって分かってた。それなのに、なんで期待しちゃったんだろう。もしかしたら、少しくらいは私のことを異性として好きになってくれているかもしれないなんて。そんなことあり得ないって分かっていたのに。頭では分かっていたのに。

もう涙が止まらなくて、どうしようもなくて、玄関《げんかん》にしゃがみ込んだまま涙を零し続ける。辛くて、苦しくて、悲しくて。もうどうしようもないほど、泣くことしかできなかった。


『お前は可愛いし、噂になるのは仕方がない』

あんなこと言われたから期待してしまった。どうせ答えなんて決まっていたのに気になって尋ねてしまった。ほんと、なんであんなことしちゃったんだろう。嗚咽《おえつ》が出そうになって、苦しい気持ちを飲み込むように奥歯《おくば》を噛《か》みしめる。

彼がわたしのことを好きになるわけがない。友人以上のなにかなんてありはしない。そう自分に言い聞かせていたのに。聞きたい気持ちを抑《おさ》えきれなかった。我慢《がまん》できなかった。聞かなければまだ希望を持てたのに。欲張って聞いた結果がこれ。

『絶対好きにはならないから』

絶望的なまでに確かな言葉。はっきりと言われてしまった。別に彼が酷《ひど》いことを言ったわけではない。ああいった会話はこれまでにも何度かあった。その度に、彼は本の貸し借りを引き合いに出して、勘違いしないと宣言していた。そして私はその言葉に安心して笑って受け入れてきた。だから、彼は悪くない。

変わったのは自分。彼への気持ちを自覚して、彼の言葉に振《ふ》り回されるようになって、勝手に期待するようになって。

期待しないように自分に言い聞かせていたのに。期待したところでなにもないのは分かっていたのに。ほんとなんで聞いちゃったんだろう。自分の行動が愚《おろ》かすぎて、自嘲《じちょう》するような笑みが出た。

でも、「可愛い」とか言われたら普通期待する。だって彼はそんなこと滅多《めった》に言わないし。それが急にそんなこと言ったら、なにかあるかもって思っちゃう。少しは期待してしまう。好きな人から可愛いと言われることほど嬉《うれ》しいことはない。たとえそこに深い意味はないとしても。そんなことは分かっていても勝手に嬉しくなっちゃう。ほんとずるいよ。私ばっかり意識しちゃって。ちょっとぐらい意識してくれてもいいのに。

まあ、その可能性はもうなくなっちゃったけど。色んな人にモテなくても彼一人にだけモテてくれたら十分なのに。でも、好きな人に限って好いてはくれない。

脈がないことは完全に分かった。でも、この気持ちを捨てるつもりはない。諦めきれない。だって諦めるにはあまりに彼は大事な人だから。

彼は私のヒーローだ。いつだって助けてくれて守ってくれて、ピンチのときにはやってきてくれる。この前だって、あんなのずるい。卑怯《ひきょう》だ。私を陰口から遠ざけるためだけにあんな身を削《けず》るようなやり方をして。

彼まで酷いことを言われてほしくはなかったけど、あんなやり方されたらなにも文句は言えない。だって私のためにしてくれたんだから。それを責めることなんてできない。あんなやり方もう二度としてほしくないけれど、私には止められない。

ほんと彼はずるい。普段《ふだん》はぶっきらぼうだし、素っ気ないし、本にしか興味を示さないくせに、ああいうときは優《やさ》しくしてくるとかはっきり言って卑怯だ。

あんなことされたら諦められるわけがない。たとえ望みが一切《いっさい》なくなっても。

普段は本バカなくせに、困ったときばっかり優しくしないでほしい。

他にも彼には言いたいことがある。別に彼が悪いわけじゃないけど、ちょっとぐらいは文句を言いたい。本のことばっかり話しちゃって。

それはもちろん楽しいけれど、たまには他のことも話したい。好きなものとか趣味とか普段なにしてるの？　とか。どうせ、全部本なんだろうけれど。

心の中の彼に文句を言っていたら少しだけ落ち着いてきた。……彼には悪いことをしてしまった。急に話を終わらせて別れて嫌な思いをしていないだろうか？　泣きそうになったのを隠《かく》すためとはいえ、あの態度は酷かったかもしれない。

それに、上手く笑えていただろうか？　彼に私の気持ちを気づかれるわけにはいかない。あんな不自然な態度を取って、その上泣きそうな顔まで見せていたら、彼なら察してしまう可能性がある。だから、上手く笑って誤魔化した。

彼に私の気持ちがばれたら振られて、もう一緒にはいられなくなってしまう。それは嫌。ずっとそばで話していたい。いつまでも色んな本を読み交わしていたい。だから、どうかばれないで。もう、大事な人をなくしたくない。


次の日、起きると涙のせいか少しだけ目が腫《は》れていた。寝《ね》る前に瞼《まぶた》を冷やしておいたけれど、それでも残ってしまったみたい。

ゆっくりと身体を起こしてカーテンを開ける。昨日の雨がまだ止《や》んでいないようで、空は厚い雲で覆われて薄暗《うすぐら》い。淀《よど》んだ景色も相まって、まだ昨日の気持ちが重く鉛《なまり》のように心に沈《しず》んでいる。

今日は土曜日だから学校に行くことも、彼が家にやってくることもない。基本的に本の貸し借りは平日限定で、週末は貸し借りはしないことになっている。

別に相談してそう決めたわけではないけれど、彼は毎回本を貸してもらっていることを少し申し訳なく思っているようだから、遠慮《えんりょ》しているのだろう。あとは、他にも読む本はあるはずなので、そっちを読んでいるのかもしれない。

そんなわけで本来なら今日は彼と会うことはないのだけれど、残念ながら今日はバイトのシフトが彼と被《かぶ》っている。普段はそこまで会うことを意識しないけれど、今日は昨日のことがあるので、少しだけ憂鬱《ゆううつ》。上手く話せるだろうか？　昨日の気持ちをまだ引きずっているので、いつもの調子でいられるか分からない。

でも、あのお店には前からお世話になっているし、さぼるわけにもいかないので休むことはできない。それに……怖《こわ》いけど、私の気持ちが気づかれてしまったのかも知りたかった。

直接、斎藤玲奈《れな》本人としては聞けないけれど、柊《ひいらぎ》玲奈して相談相手の立場でなら彼は正直に話してくれるだろうし、これ以上きまずくなることはない。加えて彼の察しの良さでも私の気持ちを確信しているわけではないだろうから、この立場を利用すれば、上手く誤魔化すことができる。

ずるいけど、それでまだ一緒にいられるようになるなら、構わない。嘘《うそ》を重ねることに自罰的な苦しみが胸に走った気がしたけれど、気づかないふりをした。

昼からのバイトは多忙《たぼう》を極《きわ》めた。一生懸命《いっしょうけんめい》お客さんを待たせないようにひたすら対応していく。おしゃれなカフェを売りにしているこの店は、少しだけ他のお店よりも料理の価格帯が高いので、学生がくることはあまりない。その代わりに老年の夫婦《ふうふ》や、社会人の女性、大人のカップルがよくやってくる。お昼時は特に混雑するので、彼と仕事以外の用件で話す暇《ひま》はなく、ひたすら仕事に集中して時間は過ぎていった。

明るく照らされた店内の各テーブルにお客さんを案内して、注文を聞いて、料理を提供して。いつものことを慣れた手つきでこなしていく。お客さんの足は止まることなく、バイトの時間が終わるまでずっと続いた。

「お疲《つか》れ様《さま》。田中《たなか》くんも柊さんも上がっていいよ。ごめんね。少し長引かせちゃって」

「いえ。では失礼しますね」

「分かりました。失礼します」

やっと少しだけお客さんの流れが収まったところで、彼と私はバイトを終えた。時間を確かめると、夕方四時。いつもなら十分前には上がるので、確かに少しだけ遅《おそ》い。だけど、特に気にすることなく、私と彼はバイトを終えた。店裏に下がって、事務所に入る。

「はあ、疲れましたね」

「ほんとです。久しぶりに土曜日の昼間に入りましたけど、こんなに混むんですね」

「今日は特別多いですよ。普段はもう少し少ないですね」

「そうなんですか」

よしよし。自然と話せている。上手く話せるか不安だったけど、いい感じに会話を始められた。そっと内心で胸を撫でおろす。
「どうですか？　仕事はもう慣れましたか？」
「はい、大体の仕事は覚えたので、とりあえずこれで柊さんには俺の教育係を終わっても
らえそうです。色々ありがとうございました」
「いえいえ、それは私の仕事ですから」
「それでも柊さんには優しく教えてもらいましたし。他にも個人的な相談も聞いてもらっ
てほんと感謝しきれません」
相談、か。大体は私に関することだから聞いていて罪悪感は凄《すご》い。でも彼の嘘偽《うそいつわ》りのな
い正直な気持ちを聞ける機会だから、少しだけ手放しがたい気持ちもある。もちろん、話
せない一番の理由は、私がここでバイトをしている理由を知られたくないからだけど。
いつかは話そうとは思う。いつまでも今のままではいられない。ずっとこんな人の気持
ちを盗《ぬす》み聞きはしていられない。だけど、今日だけはこの立場を捨てるわけにはいかない。
ずるくても、彼の友達として一緒にいたいから。
ちょうど、相談の話題になったので、私から話を切り出そうと思った時、逆に彼が深刻
そうに表情に影《かげ》を落として相談を持ち掛《か》けてきた。
「柊さん、またではありますけど、少し相談してもいいですか？」

「……はい、いいですよ。どうしましたか？」

彼の聞いたことのないような沈んだ声に、昨日のことだと察した。どこまで気づいたのか。私の反応に何を感じたのか。今、彼はどう思っているのか。こくりと唾《つば》を飲み込み、覚悟《かくご》を決めて、じっと彼の次の言葉を待つ。

「実は昨日、彼女と話していた時に俺と彼女の関係を確かめるような話になりまして」

「関係を確かめる？」

「はい。実は彼女って見た目がとても優《すぐ》れた人なんですが、昨日『あなたは私に興味を示しませんよね』と言われたんです。もちろん、俺は彼女のことを友達として思っていますし、彼女も俺のことを友達と思っていることは分かっていますから、勘違いなんてしませんかん。だから安心させる意味で「絶対好きにはならない」と答えたら、彼女のことを傷つけてしまったみたいでして……」

気に病《や》んでいるようで彼のその言葉は弱々しい。バイトの時の明るい雰囲気《ふんいき》でも、学校の時の気怠《けだる》そうな雰囲気のどちらでもない、初めての彼の姿に胸が痛む。私が勝手に期待して傷ついただけで、彼は悪くないのに。

彼を振り回してしまっていることが申し訳なかった。予想外の彼の姿に、かける言葉が見つからず迷っていると、彼はそっとさらに続ける。

「なにがよくなかったんでしょうか？　これまでも何回か同じような会話をして、その時は安心してたんですけど、俺の言葉選びが悪かったんでしょうか？」

「それはないです！　あ、いえ、それはないと思いますよ。田中さんの問題ではなく、きっとそれは彼女さんの問題でしょうから」

「彼女の問題？」

「えっと……」

真剣《しんけん》な表情で見つめてくる彼を前に、どう説明すべきか迷う。今ならまだ『彼女の問題』という言葉の意味を誤魔化して、私の好意に気づかせないことが出来る。上手く誘導《ゆうどう》して、これまで通りの日常を取り戻せる。

ついさっきまでそうするつもりだった。ずるくても卑怯でも彼の友人としていられるなら気にしないつもりだった。けれど……。

目の前の彼の表情に胸が痛む。自分の勝手な気持ちで彼を傷つけて、迷惑《めいわく》をかけている。申し訳なくて、苦しくて、これ以上彼のそんな表情を見ていられなかった。

——だから話そう。

怖くて、不安で、この後が恐《おそ》ろしいけれど。少しだけ声が震《ふる》えてしまいながら、打ち明けた。

「……彼女の問題というのは、もしかしたら田中さんに異性として多少好意を寄せているかもしれない、ということです」

「……そう、ですか。自分もそうなのかもしれないとは少しだけ考えたんですけど、どうにも想像がつかなくて」

ああ、やっぱり。困ったように眉《まゆ》を下げて戸惑《とまど》う彼。予想通り、察しのいい彼は、薄《うす》く私の好意に気づいていたみたい。おそらくどう反応していいのか分からないのだろう。瞳《ひとみ》を左右に揺《ゆ》らしながらどこか気まずそうに首筋を右手で掻《か》いている。

その姿に後悔が襲《おそ》ってきて、胸が苦しくなる。気づかれてしまった。どうしよう。これから私と彼の関係はどうなっちゃうのかな？

少なくとも、もう前のようにはいられない。友人同士でいられないなら、もうこの関係は終わり。私の好意は彼の迷惑にしかならない。周りにバレれば彼に注目が集まるし、陰口や沢山《たくさん》の噂も囁《ささや》かれるだろう。彼に迷惑に思われるくらいなら、大事な友人でいられる間に離《はな》れたい。

ふと、彼がそう思っているのか気になった。ずるいとは思ったけど今だけは許してほしい。本人が告白したわけではない、今の状況《じょうきょう》だけ使える手段で確かめた。

「……彼女の好意は、迷惑ですか？」

「いえ、迷惑なんてことは絶対ないです」

「え？」

覚悟を決めた質問にはっきりと断言する彼の言葉はあまりに予想外で、一瞬頭の中が真っ白になる。いま、なんて言ったの？　うそ、聞き間違《まちが》い？

起きた出来事が信じられず、夢にしか思えない。だけど、目の前の彼の真っすぐな瞳が夢ではないことを物語っていた。

「そりゃあもちろん、急なことですし、戸惑いましたけど。それでも迷惑だとか、不快だとか、そういう嫌な感情を抱《いだ》くことはありません。どちらかというと信じられない気持ちの方が大きいです。最近は優しくなったとはいえ、普段の彼女の態度があれなので」

「あれ、とは？」

「自分本を読むのが好きなんですけど、前に自分がどれだけ本を好きか伝えるために三大欲求にあやかって四大欲求と説明したんです。食欲、性欲、睡眠欲《すいみんよく》、読書欲、と。そうしたら、訳が分からない、とでも言いたげな冷たい目で見られました」

「……なるほど」

今は相談相手という立場なので頷いておいたけれど、内心で抱いた感想は今でも変わらない。なに？　四大欲求って？　ほんと、意味が分からない。彼は読書好きならみんな同意してくれると思っているみたいだけど、それは彼だけだから。

「まあ、そういうわけで、信頼《しんらい》をしてくれていると感じたことは何度もあっても、あまり好意を寄せてくれているというのは感じたことがなかったんですよね。だいたいそっけない反応をされますから」

「そういうことでしたか」

「はい。あくまで彼女が好意を持っているかは予想でしかないですし、仮に本当に自分に好意を寄せてくれていたとしても、彼女がなにか自分に求めてきたことはないので、おそらく友人同士でいたいんだと思います」

「そうですね。私もそう思います」

　本当によくわかってる。まるで私の心を見透《みす》かしたみたい。好意だけは私が必死に隠してきたので、まだ半信半疑みたいだけれど、彼のその優しさがすごくありがたい。まるで、一緒にいていいよと言ってくれたみたいで、嬉しくなった。

「自分としては、まだ彼女が自分のことを友人として見ている可能性の方が高いと思っていますけど。そういう可能性もあることだけは頭に入れて接すれば、今回みたいに彼女を傷つけることにはならないですかね？」

「そう、ですね。それなら問題ないと思います」

「分かりました。彼女《かのじょ》に好意があったとしても迷惑だとは思いませんし、結局あるかどうかも分からないのでそのことについて考えるよりも、彼女との今の関係を楽しみたいと思います」

彼の爽《さわ》やかな宣言に、私の不安な心はすべて消えてなくなっていく。まだ、彼と一緒にいていいんだ……。それを強く実感して表情が緩《ゆる》みそうになり、慌《あわ》てて引き締《し》めなおす。きゅっと唇《くちびる》に力を入れて解けないようにしていると、彼が不意打ちしてきた。

「初めて出来た本友達ですからね。大事にしていきます」

「は、初めて、ですか？」

きゅ、急に言わないで。せっかく平静を装っていたのに、顔が熱くなってしまう。それでもなんとか動揺《どうよう》がばれないように、表情を俯いて隠す。

「え？　はい。周りにあまり本を読む人がいなかったのと、いたとしても好みが合わない人ばかりでしたので、初めての本友達ですね。ほんと、彼女と話すのは毎回楽しいです」

「ふ、ふーん。そうなんですか」

ふふふ、彼の初めての本友達、ね。それは嬉しい。彼の一種の特別になれたみたいで、にやにやが止まらない。友達として一緒にいていい許可はもらったから、もう誰《だれ》にもこの場所は渡さない。髪《かみ》で隠しながらにやけ続けた。

その後少したわいもない話をしていると、事務所の扉が開いた。

「あら？　まだ帰ってなかったの？」

「あ、柊先輩《せんぱい》と田中先輩じゃないですか！」

彼が振り向き、その先には扉を開けた店長さんと舞《まい》ちゃんがいた。慌てて時間を確認《かくにん》すると四時二十分。知らない間に、そんなに話していたなんて。ちょっと話していたつもりが、予想以上に話し込んでしまった。

「あ、すみません。もう帰ります」

そう彼は言ってこっちを見てくる。

「今日も相談にのって下さってありがとうございました。またよろしくお願いします」

「はい。私でよければいつでも構いませんよ」

いそいそと彼が事務所を出ていく。私も出ようとすると、店長さんが温かな目で見ていた。

「玲奈ちゃんを田中くんの指導係にしてよかったわ」

「そうですか？」

「そうよ。うちの舞のお手伝いを辞《や》めさせてから、近い年の人がいなくなっちゃったし、なによりあまり人と関《かか》わらないようにしているみたいだったから」

「気づいていたんですか」

「そりゃあ、昔からの常連さんだからね。何度も話していれば分かるものよ」

どこか見守るような視線に居心地《いごこち》が悪くなり、そっと視線を逸《そ》らす。やはりこの人には頭が上がらない。お母さんとはまた違う、別の意味で少ない私の味方なのだと思う。

「雰囲気も随分《ずいぶん》柔《やわ》らかくなったしね。少し安心したわ」

「自分ではあんまり分かりませんけど……確かに、少しは変わったかもしれません」

どちらかと言えば彼との学校での出会いが理由の気がするけれど、バイトの彼も彼なので同じようなもの。

「色々してくださって本当にありがとうございます。高校に入学する時にも、わざわざアルバイトに誘《さそ》って下さって」

「いいのよ。私も何か手を貸したかったしね。それに、その名前でいられるところを一つくらいは残しておいた方が、玲奈ちゃんには良いように思えたから」

「……本当にありがとうございます。では失礼します」

「あ、私も帰るので、一緒に更衣室《こういしつ》いきましょう！」

トコトコと私の後をついて来る舞ちゃん。二人で事務所を出る。

「ふふふ、私は応援《おうえん》してるからね？」

どこか楽しそうに笑う店長さんの声が後ろから聞こえた。

事務所を出て、更衣室に入って着替《きが》えを始める。ロッカーから畳《たた》んでおいた私服を取り出していく。

「えっと、さっきの店長さんの最後の言葉ってどういうこと？」

「ああ、あれですか？　あれは、柊先輩と田中先輩のことですよ。お母さんは最近、柊先輩の雰囲気が柔らかくなったのは、田中先輩に恋《こい》をしたからだと思っているみたいで、だからだと思いますよ」

「え⁉　な、なんですか、それ！　全然違いますから」

店長さん、一体どんな想像をしているんですか！　そ、それはもちろん、彼とはよく話していたからそういう勘違いをしたのかもしれないけれど、柊玲奈としての立場はあくまで相談相手だ。

はっきりと否定するけれど、舞ちゃんはどこかにやにやした様子で目を細める。

「えー？　ほんとですかー？　よく二人きりで話しているじゃないですか。私から見てもかなり親しげでしたよ」

「それは彼の相談を受けていたからです。時々悩《なや》むことがあるみたいで、それについて話を聞いているだけですよ」

できるだけ平静を装いながら、噛まないように気をつけて言い切る。う、嘘はついていない。その相談内容が私についてのことだとか、それを聞いてちょっと嬉しくなっちゃってるとか、色々あるけれど、相談を聞いているのは本当だから。

「そうなんですか。この前ちらっと二人が話しているところを見た時、柊さんの顔が少し赤くなっていたので絶対田中さんと話して照れてるやつだ、と思ってたのに……」

「え⁉ そ、そんなことありましたか？」

「ありましたよ。あれは絶対恋する顔をしてました！ ほら、白状してください。誰にも言いませんから」

こういうところは本当に店長さんと親子だと思う。コイバナにこんなに食いついてくるなんて。キラキラと輝《かがや》かせる瞳が眩《まぶ》しい。

「だから違いますよ」

「もう、そんなこと言ってー。ほら、もうぽろっと軽ーく言っちゃいましょう」

「だから私の好きな人は田中さんじゃないです。ちゃんと学校にいます」

あまりにしつこいのでつい白状してしまった。流石《さすが》に今の私と彼の複雑な関係を話すことはできなかったけれど、柊玲奈がバイトの彼を好きとかという、妙な状況を作られたらたまったものではない。

とりあえずこれ以上複雑になるのは避《さ》けられたけれど、舞ちゃんは驚《おどろ》いたように目を見開いた。

「え⁉　そ、そうなんですか！　うそ！　意外！」

「う、嘘なんかではないです。学校で親しくさせてもらっている方がいますから」

「そうなんですか。あれ？　でも、学校の時は確か普段の美人さんの柊さん、あ、斎藤さんですよね？」

「そうですよ？」

「それだったら、凄い噂《うわさ》になるんじゃないですか？　そんな親しくしている異性がいたら」

「そ、そこはひっそりと隠れて話しています」

「おお！　なんか、凄い！　どこかの物語みたいです！」

感動したように声を上げる舞ちゃんに、そっと胸の内でため息を吐《つ》く。そんなので物語になるなら、今の私と彼の妙な関係はどうなっちゃうんですか。

「どういう方なんですか？」

「うーん。メガネはかけていてあまり目立つ人ではないですね。割と一人で過ごしていることが多いように思います」

「ほー、地味な方ですか。田中さんとは真逆ですね。そう考えると、やっぱり私の勘違いみたいですね」

うーん、と腕を組んで難しそうな顔をしていたけれど、すぐに納得《なっとく》したように頷いた。

好きな人、その田中さんなんですけどね。

「そういう人を好きになるのは少し意外です。どんなところが好きなんですか？」

「そ、それは……」

初めて自分の好意を誰かに明かしたこともあり、こういう会話をするのは初めて。いつも誰かの話を聞くことはあっても、自分自身は恋愛《れんあい》ごとを避けていたので、そういう機会はなかった。

あまりに興味津々《きょうみしんしん》に見つめてくるので、顔が熱くなるのを感じながらも打ち明ける。

「……きっかけは私を私として見てくれたところでしょうか？」

「あー、そういうことですか。柊さん、見た目で苦労していましたもんね。単純な気はしますけど、わかります」

確かに自分でも少し単純だなとは思うけれど、舞ちゃんのその発言に少しムッとしてしまう。彼には他にもいいところがあるから。

「も、もちろん、それがきっかけですけれど、ちゃんと他にもありますよ」

「お、他にはどんなところです？」

「困った時には助けてくれますし、口は悪いですけどなんだかんだ優しくてですね。あ、あとは、その、大好きなものを見た時の反応が子供みたいで可愛いところとか……」

話していてだんだん恥ずかしくなってきた。やっぱり慣れないことはするものではない。羞恥《しゅうち》に耐《た》えきれなくて、話をやめた。

「と、とにかく、そういうわけですから、私と田中さんをくっつけようとか変なことをやめて下さいね？」

「はーい。その反応を見たら柊さんが本当に好きなのは分かりましたから、やらないようにしておきます。お母さんにも言っておきますね」

「よろしくお願いします」

自分の恋心《こいごころ》を話すことにはなってしまったけれど、とりあえずこれ以上複雑な関係にするのを避けられてほっと安堵《あんど》した。

柊《ひいらぎ》さんとの相談でこれからどう斎藤《さいとう》と向き合っていくべきか、整理がついた。

未《いま》だに斎藤が俺《おれ》に好意を抱いていることは信じがたいが、彼女のあの反応を考えればその可能性はありえなくはない。現に柊さんも同じ結論に至っている。

だが、これまでに彼女からなにかしらのアピールのようなものを受けた記《き》憶《おく》はない。俺が気づいていないだけかもしれないが、少なくとも分かりやすいアピールはなかったと思う。冷ややかな目で何度も見られたことは覚えているんだがな。

おそらく彼女は俺と友達として接していたいのだろう。そこに異性としての好意があろうとなかろうと、それだけは確かだ。

そして、俺としては、可能性として斎藤が好意を寄せてくれていることがあるのは分かっていても、まだ友達としてしか見られていないと思う気持ちが強い。となれば、友達としてこれまで通り接するのが一番いい。

たとえそれが問題の先送りだったとしても、今はそれで構わない。まだ可能性の話なのだから、そこについてあれこれ考えるのは無駄《むだ》だ。ほんの少しだけその可能性を念頭に置いておくのが無難だろう。早とちりして変に関係をこじらせるのも嫌だし。

そんなわけで、いつも通り平常心を貫《つらぬ》いて接することにした。

「今回も面白《おもしろ》かった。ありがとな」

「毎回、面白いと言ってばかりですね」

「実際面白《おもしろ》いんだから仕方ないだろ」

柊さんと相談して翌週を迎《むか》えたが、幸い斎藤との仲がこじれることなくこれまで通りの関係が続いていた。

最初こそ、互《たが》いに微妙《びみょう》にぎこちなかったが、数日が経《た》った今ではその影は一切ない。互いに楽しく、本の感想を語り合う。やはり、今の関係は失い難《がた》いほどに心地《ここち》良《よ》い。図書館で感想をひとしきり話し終えて、満足したように斎藤と俺は微笑み合った。

「……そういえば、週末とかあなたは何をして過ごすんですか？」

控《ひか》えめにこちらを見上げてくると、関心を瞳に滲《にじ》ませる。不意の質問に少しだけ驚いてしまった。斎藤とは本についてのあれこれを話すことはあっても、プライベートな質問がくることはなかった。戸惑いつつも、いつもの俺で教えてやる。

「知りたいか？　この前は色んな場所に旅立ったぞ」

「え？　お出かけしたんですか？　絶対引きこもっていると思っていました」

余程《よほど》意外だったのだろう。目を丸くして綺麗《きれい》な瞳をぱちくりと瞬《まばた》かせる。おいおい。俺をなめるんじゃないぞ？

「どこに行ったんですか？」

「まずは、温泉地に旅立ってそこで殺人現場に遭遇《そうぐう》した」

「え⁉　ど、どういうことですか？」

慌てふためく斎藤。焦《あせ》って少し身を乗り出してくる彼女にさらに続ける。

「それを俺が探偵《たんてい》となって解決してきた」

「……はい？」

スン、と一気に冷静さを取り戻《もど》し、驚いて丸くなっていた瞳がどこか訝《いぶか》しむような視線に変わった。

「そのあとは、異世界に転移してエルフと一緒《いっしょ》に冒険《ぼうけん》して、魔王《まおう》を倒《たお》した」

「いろいろ行き過ぎでは？　というよりそもそもエルフって……」

「そんな感じで先週末は、本の中の主人公として頭の中で旅立ってた」

「はぁ。分かっていましたけどね」

斎藤は大きくため息を吐き、そっと肩《かた》を落として大人しくなる。そのままゆっくり顔を上げたかと思えば、残念そうな人を見る哀《あわ》れみの目を向けてきた。

「お、おい、なんだよ。その目は」

「いーえ。何でもないです。いつもどおりのあなただなと思いまして」

冷めた視線が突《つ》き刺《さ》さる。うん、これで俺に好意を寄せてくれているとかないだろ。それ以上の冷徹《れいてつ》な視線はちょっとメンタルがやられそうだったので、おどけるように肩を竦《すく》めて視線を逃《に》がした。

「ほめ言葉だと受け取っておくよ。じゃあ、また明日な」

「はい、また明日」

別れの挨拶《あいさつ》と共に、歩きだす。それと同時に視界の端《はし》に映る斎藤は、リュックから本を探し始めた。だが、すぐに戸惑いの声が聞こえた。

「……あれ？」

「どうした？」

その場で止まり斎藤の方を向く。すると、斎藤は顔を上げてこちらを向いた。

「本が見当たらないんです」

「は？」

困ったように眉を下げる斎藤は、もう一度かばんを覗《のぞ》き込み、また顔を上げて小さくため息を吐く。

「やっぱり、ないですね。多分家に置いてきたんだと思います」

「そう、なのか？」

「……おそらくですけど」

少しだけ表情を暗くして不安げながらに頷《うなず》く斎藤。その陰《かげ》りに一抹《いちまつ》の不安が胸をよぎる。

だが、出来るだけ表情には出ないよう引き締めた。

「じゃあ、とりあえず今日は家に帰って確認してみるしかないだろ。もしそれでなかったら、学校にあるということになるんだから、その時は先生にでも聞いてみればいい」

「……そうですね」

努めて明るく振舞《ふるま》う俺に、斎藤も無理に微笑《ほほえ》みを見せてくる。だが、やはりその微笑みは完ぺきではなく、不安がにじんでいる。

「言ってはなんだが、本ぐらいなら最悪買えば大丈夫《だいじょうぶ》なんじゃないか？」

「それは、そうなんですけど、今回のはあなたから貰《もら》った本ですし、それに……」

「それに？」

「……本にはあのガラスのしおりが挟《はさ》んであるんです」

「そういうことか」

なぜそこまで気にしていたのか理由が分かり、それ以上かける慰《なぐさ》めの言葉が思いつかなかった。

斎藤がどれだけプレゼントしたしおりを気に入ってくれているのか、それは俺が一番知っている。しおりを見つめるあの優し気《げ》な瞳。大切に扱《あつか》う手つき。スマホのロック画面にまでして、たまに眺《なが》めているときもあった。

それだけ大事にしてくれているものを無くした人に軽い慰めの言葉なんて、一番不要のものだ。かといって他にどう声をかけていいかも分からない。そんな戸惑う俺の表情に気づいてしまったのか、分かりやすく斎藤は明るい声を上げる。

「今、心配したところで仕方がありません。大丈夫です。きっと家にありますから。私、たまに物忘れをすることがあるので、今日のもきっとそれです」

「……そうか」

「はい、だから、あなたはもう気にせず行ってください。今日は用事があるのでしょう？」

「……分かった」

にっこり微笑む斎藤の言葉に背中を押《お》されて、出口へと足を動かす。斎藤が言うなら家にあるのだろう。どうかあってほしい。強く心で願うが、淀んだ不安はいつまでも重く、心に残り続けた。

翌日、天気は大雨だった。ここ最近ずっと降り続いていた緩やかな雨とは打って変わり、激しく土砂《どしゃ》降《ぶ》りの雨が降り注ぐ。曇天《どんてん》の空が頭上いっぱいに広がり、昼間でも辺りは薄暗い。校舎も明かりが灯《とも》され、まるで夜のような雰囲気が中には漂《ただよ》っていた。

授業中は静かなので、外からの雨が地面を打つ音がやけに大きく教室に響《ひび》く。静寂《せいじゃく》の中、先生の淡々《たんたん》とした授業を進める声と、重い雨音だけが存在を主張してくる。その音たちを聞きながらも、俺の意識は昨日のことで頭がいっぱいだった。

昨日、あれからバイトを終えて家に帰ったが、斎藤からの連絡《れんらく》は全くなかった。バイト終わりには、メッセージが来て「家にあった」と入っていてほしかったんだが。

残念ながら、淡《あわ》い期待はあえなく消えてしまった。その後も連絡を待っていたが、今日のこの時間までない。斎藤とのメッセージのやり取りは以前の本の感想を送ったところで終わっている。

本が見つかったのかはとても気になったので、こちらから連絡してみるか悩んだが結局送らなかった。

あの斎藤が送ることを忘れたとは思えない、となれば、何らかの理由があるのだろう。その理由を薄々《うすうす》察してはいるものの、まだ分からない。聞くなら直接聞こう。見つかっていればそれでいいし、見つからなかったときは……。

どうか見つかっていてほしい。そう切に願う。あんな不安げな斎藤は見たくない。斎藤には笑顔《えがお》でいてほしい。あの笑顔をもう一度見たい。頼《たの》む、あってくれ。強く願って放課後を待った。

「では、これで授業を終わる」

「起立、礼、着席」

帰りのホームルームも終わり、早速《さっそく》斎藤の家へと向かう。他のクラスも終わったようで、廊下《ろうか》は人混《ひとご》みで騒《さわ》がしい。人が密集して狭《せま》くなったが、空いたスペースを抜《ぬ》けて校舎を出た。

外は相変わらずの土砂降り。雨が地面を跳《は》ね、下は白く濁《にご》っている。傘《かさ》を差しても足元はどんどん濡《ぬ》れていき、靴《くつ》の中にまで泥水《どろみず》が入ってくる。じっとりと湿《しめ》り、足裏に張り付く靴下《くつした》が気持ち悪い。びったん。びったん。歩くたびに浸《し》みた水が足裏に広がってまた浸みこむ。

普段《ふだん》以上に重く、まるで斎藤の家に行くのを阻《はば》まれているようだ。だが、それでも足を動かし、荒《あ》れる雨の中を進んでいった。

斎藤のアパートにたどり着き、部屋の扉《とびら》の前に立つ。屋根のおかげで、もう濡れることはないが、既《すで》に足元はびしょびしょ。ゆっくりと雫《しずく》がしたたり落ち、立っている場所には水の影が広がっていく。

「……はぁ」

あえて息を吐き呼吸を整えた。周りに人の気配はなく、静寂の中、激しい雨音だけが天の唸《うな》り声《ごえ》のように響いている。これからのことに不安を残したまま、呼《よ》び鈴《りん》を鳴らした。

単調な電子音が一度響《ひとたびひび》く。だが応《こた》えるものはなにもない。少し待っても扉は開かず、もう一度押《お》してみる。しかしまた返事はなかった。

いないのだろうか？　これまでは斎藤の方が早く帰っていたので、俺が斎藤の家に着いたときには既に家の中にいた。なので、こうして呼び鈴を鳴らしても出なかったことはなかった。

またしても普段と違《ちが》う事態に不安が積み重なる。まだ帰ってきていないとなると、斎藤はどこで何をしているのだろうか？　今日は斎藤の家で会う約束なのは先週確認しているので、図書館と勘違《かんちが》いをしていることはないと思う。なら、一体……。

こうなっては心配で、直接などとこだわっていられず、連絡を取ろうとポケットからスマホを取り出した。

「あれ、もう来ていたんですか？」

背後から声がかかる。

「⁉　あ、ああ」

慌てて振《ふ》り返れば、いつも通りの無表情の斎藤。だが普段より刺々《とげとげ》しさが控えめで、少しだけ表情が緩んでいるようにも見える。そんな彼女は、こてんと首を傾《かし》げてこっちを見つめていた。

「珍《めずら》しく遅いんだな。なにかあったのか？」

「昨日話していた本をさっきまで探していまして……」

「ああ、そういうことか」

斎藤の言葉に察してしまう。学校で放課後まで探していたということは、どこにもなかったのだろう。どう声をかけるべきか迷い、言葉を選ぶ。

「ということは見つからなかったんだな。それは残ね――」

「いえ！　それが見つかったんです」

俺の言葉を遮《さえぎ》り、斎藤は嬉《うれ》しそうに微笑んでリュックから本を取り出した。俺に見せるように表紙を向ける。確かにその表紙は以前贈《おく》った本だった。

「私も諦《あきら》めかけていたんですけど。朝落とし物ボックスを見に行ったときはなかったんですが、最後にもう一回確認しようと思ってついさっき見に行ったら、そこに置いてあったんです」

本を大事そうに胸に抱きしめながら、嬉しそうに声を弾《はず》ませる斎藤。いつになく明るく、安心したのか目をへにゃりと細めて緩やかに微笑んでいる。何度も本をこちらに見せては、胸に抱いてその存在を確かめているようだった。

俺の心配は杞憂《きゆう》だったのだろう。無事彼女が安心して微笑んでいるのを見て、ほっと小さく吐息《といき》を零《こぼ》す。それから自然と安堵の笑《え》みが浮《う》かんだ。

「……よかった。見つかったみたいで」

「はい、本当に良かったです。昨日はリュックから一度も取り出していないので、家だとばかり思っていたんですが、どこかで落としていたみたいですね。」

「そうなのか？」

「ええ、まあ。私の記憶にある限りでは取り出していないです。普段から取り出さないですし、日中はクラスの女子の方と話して読む暇《ひま》もないですし。まあ、とにかく、見つかってよかったです。もう見つかったときは嬉しくて嬉しくて。すぐにあなたに知らせようと急いで帰ってきたんです」

斎藤は少しだけ恥《は》ずかしそうに頬《ほお》を桜色に染めながらはにかむ。珍しい可愛《かわい》らしい姿から、どれほど見つかったことが嬉しかったのかが分かった。

「それで、しおりもちゃんと挟まってたのか？」

「あ、忘れてました。本が見つかったことが嬉しくてすっかり抜けてました。本が無事なら勝手に中にあるものだと……」

はっと気づいてぱらぱらとページをめくりだす。意外と抜けている姿に苦笑《くしょう》を零したが、やっと見つかったことに気を取られたら、確認を忘れてしまうのも仕方がない。しおりを探してページを進める斎藤を待っていると、彼女が手を止めた。

「え……」

嬉しそうに微笑んでいた表情を一瞬《いっしゅん》で強張《こわば》らせ、目を丸くして固まる。そこからだんだんとゆっくり眉を下げて表情を歪《ゆが》ませ、声を震わせながら消え入りそうなほど小さく呟《つぶや》いた。

「な、なんで……」

「どうした？」

急な斎藤の変化に急いで駆《か》け寄る。すると泣き入りそうに瞳を潤《うる》ませて顔を上げた。

「しおりが……」

「うそ、だろ……」

斎藤の手元の本、そのページとページの間には、いくつものガラスのかけらとなったしおりがあった。大小さまざまに砕《くだ》けて、壊《こわ》れていた。その取り返しのつかない姿に殴《なぐ》られたような衝撃《しょうげき》が走った。

あまりのショックに何も言葉が出てこない。なにを言えばいい？　なんて言えばいい？

ただ茫然《ぼうぜん》と時間が過ぎていく。

その時、斎藤が持っていた本が傾《かたむ》いた。ショックのあまりの大きさゆえに動揺で手が震えてしまったのだろう。傾いた本から、カラン、カラン、ガラスの破片《はへん》が落ちていく。

「あ、しおりが……！」

斎藤は本を地面に置きながらぱっと屈《かが》みこみ、そのきれいな指先で拾い出した。それが何を意味するか、頭の中が真っ白になった俺は反応が一瞬遅《おく》れた。

「おい、やめろ。怪我《けが》するぞ！」

慌てて自分もしゃがんで斎藤の手首を掴《つか》む。だが、斎藤は逃げるように暴れてもう片方の手で拾い続ける。泣き叫《さけ》びながら指先を血に染めて、それでも拾い集めていく。

「しおりが！　しおりが……！」

「分かったから。俺も拾うから！」

ぐっと掴んだ手に力を込めても斎藤は止まらない。しまいには掴んでいた方の手も振り

払《はら》って拾い続けた。もう止められず、「くそっ」と悪態をつきながら俺もいくつかの破片を集めた。

斎藤は落ちた破片をすべて両手のひらに集め終わると、力なく座《すわ》り込んで、手もとのかけらを見つめる。その指先にはいくつか傷がつき、血がにじんであまりに痛々しい。それでもしおりのかけらを離すことはなく大事に持っていた。

「ほら、残りの分」

「……ありがとうございます」

斎藤の手元に拾った分のかけらをのせてやる。それらはカランと空《むな》しく響いた。

「ほら、手を出せ。一応貼《は》ってやるけど、ちゃんと後で自分で貼りなおせよ?」

「はい」

指先に持っていた絆創膏《ばんそうこう》をそっと貼ってやる。斎藤は大人しく静かに手元を見つめ続ける。それでやっと落ち着いたようで、静かな時間が訪《おとず》れた。

唸る雨音を聞きながら、慰める言葉を何も思いつかない自分に唇をかみしめる。言葉の一つで彼女は救えない。あれだけ大事にしていたものを失ったのに、安易な言葉など無意味だ。悲しみ俯《うつむ》く斎藤にひたすら黙《だま》ることしか出来ない。

どうして、斎藤がこんな目に遭《あ》わなければならない。斎藤がなにをしたっていうんだ。

あいつはいつだって周りに気を遣《つか》って、周りに合わせて、偽《いつわ》りの仮面を被《かぶ》って、周りに迷《めい》惑《わく》をかけないようにしてきたというのに。どうして斎藤が傷つかなきゃいけないんだ。

悲しんでほしくない。辛《つら》い目なんてもう遭わなくていい。笑っていてほしい。斎藤ほど魅力的《みりょくてき》に笑う奴《やつ》はいない。そんな奴から笑顔を奪《うば》わないでくれ。

周りが彼女に冷たいなら、俺だけでも彼女の味方でいてやる。助けてやる。救ってやる。それは恩があるから。感謝があるから。大事な友人だから。趣味《しゅみ》を共有する大切な人だから。

何が出来る。なにをしてやれる。彼女を笑顔にするにはどうしたらいい？

そもそも今回どうしてしおりが壊れたんだ？　始まりは本が無くなったことから。最初は本当に落としたのかもしれないと思っていたが、斎藤は気になることを言っていた。『昨日は一度もリュックから本を取り出していない』と。

斎藤はそれでも落としたと言っていたが、まずそれはおかしい。取り出していないものを落とすことはほとんどあり得ない。小さいものならまだしも、あのサイズの本なら流石に気づく。だとすれば誰かが取り出したのだ。何のために？

その答えはすぐに分かる。しおりを壊すため。あるいは斎藤の大事にしているものを奪ってさらに追い込むため。落としただけならヒビが入る程度で、あんなにひどく砕けないことからも人為的《じんいてき》なのは明らかだ。

……ああ、結局、ずっと問題を先送りして時間稼《かせ》ぎしかしてこなかったつけが回ってきたのだ。

ずっと解決策を思いつかず、ただ斎藤に我慢《がまん》をさせることしかできなかった結果がこれだ。さらに斎藤を傷つけ、悲しませ、笑顔まで失わせてしまった。不甲斐《ふがい》ない自分が悔《くや》しく、ぎりっと奥歯《おくば》を噛《か》みしめる。痛いほど強く噛み、それでもなお後悔《こうかい》は消えてくれない。苦々しく胸の内で燻《いぶ》り続ける。もう後悔しても遅《おそ》い。起きてしまった。起こってしまった。もう元には戻らない。戻せない。

——だけど、それでも、俺は斎藤を救いたい。

「……どうして平穏《へいおん》なまま過ごせないんですかね。私はただ優《やさ》しい日常を過ごしたいだけなんですけど」

「ごめん。何もしてやれなくて」

「いいんです。仕方ないですから」

斎藤は俯いたまま諦めたように小さく呟く。その様子は、実際の真相を察しているようだった。

「いや、それでも、知りながらこれまで何もしてやれなかった俺の責任はある」

「気にしないでください。なにかをすれば、悪影響《あくえいきょう》しか及《およ》ぼさないのはあなたが一番分かっていたでしょう？」

「ああ、分かってた。分かってたから、何もできなかった。でも、その結果がこれだ」

「いいんです。私は大事なものを失くすのには慣れていますから」

こちらを見上げ、涙《なみだ》で瞳《ひとみ》を潤ませながらも微笑んでくる。その微笑《びしょう》はあまりに痛々しく辛そうで、見ていられなかった。

「慣れてる……か。そうか、そうだよな。慣れてるだけだよな」

「……どうしました？」

「いいや。なんでもない。もう慣れさせやしないから。今日はゆっくり休んでくれ」

それだけ言い残して去る。慰めの言葉などない。そんな言葉をかける資格は俺にない。止められたはずの出来事を諦めて放置した結果がこれなのだから。

今俺にできることはただ一つ。止められたものを止めるだけ。これ以上斎藤を傷つけさせない。慣れているなんて言わせない。斎藤が望んだ当たり前の平穏を取り戻す。もう一度幸せに笑う斎藤が見たくて。力強く一歩を踏《ふ》み出した。

斎藤side

彼《かれ》が去っていったあと、いつまでもこんなところで座り込んでいるわけにもいかず、重い腰《こし》を上げる。拾ったかけらを本に乗せて、今度は落ちないように気を付けながら、丁寧《ていねい》に持ち上げた。

そのまま部屋へと入り、ソファ前の机に置いて、今度はソファに座る。今更《いまさら》ながら電気をつけるのを忘れていたことに気づく。けれど、もう立ち上がる気力はなくて、部屋は暗《くら》闇《やみ》に包まれたまま放置する。

カーテンの隙間《すきま》から入り込んでくる外の明かりだけが薄暗《うすぐら》い光を部屋に運んできた。その光がガラスのかけらを煌《きら》めかせる。淡く幻《まぼろし》のように。壊れてしまってもそのかけらはしおりの残滓《ざんし》を魅《み》せていた。

(壊れちゃった……)

何度見ても目の前のかけらが元に戻ることはない。砕け散ったその結果を突き付けてくるように輝いて、目に焼き付いてくる。もう元の形を見る影《かげ》もない姿に、つうっと目尻《めじり》から涙がこぼれるのを感じた。

一度あふれた涙は留《とど》まることなく、何度も雫となって落ちていく。拭《ぬぐ》っても拭っても。止めようがないほど悲しくて、何度も涙が流れてしまう。

おかしいなぁ。もう大事なものをなくすのには慣れたと思っていたのに。何度も経験してきたのに。それでもやっぱり耐えられなくて、悲しい気持ちを抑《おさ》えきれない。どんよりと沈《しず》んだ自分の耳には、やけに外の雨の轟音《ごうおん》が煩《うるさ》く聞こえた。

手を伸《の》ばしてかけらに触《ふ》れる。今度は怪我をしないように気を遣って。砕けてもやっぱり綺麗で、見惚《みと》れるほどに美しい。でも元の姿とは全然違う。

せっかくもらったものなのに。大事に、大切にしていたのに。私のせいでこんなあまりに酷《ひど》い姿にしてしまったことが申し訳なかった。

「……ごめんなさい」

思わず声が漏《も》れ出る。その声は予想以上に小さく掠《かす》れていて、まるで自分の声ではないみたい。虚《うつ》ろに部屋に消えていく。

どうしてこうなってしまったのか。理由はもうわかっている。本がなくなった時点でなんとなくそんな気はしていたけれど、本当に現実になってしまったことにショックが隠《かく》せない。

まさかここまでのことをされるとは思わなかった。これまで陰口《かげぐち》を言われることはあっても直接何かをされたことはなかったので、今回も大丈夫と高を括《くく》っていたのかもしれない。

その結果がこれ。私が関《かか》わったばかりにせっかくの綺麗なしおりは壊れてしまった。もう元には戻らない。こんなことなら私が持つべきではなかったのかもしれない。もっと他の誰《だれ》かの方が、ずっと長く使ってもらえただろう。彼もせっかくあげたものをこんな無残な姿にされてショックを受けたと思う。

ほんと、私が大事にすると全部なくなってしまう。まるで私に大事なものを持つ資格がないみたいに。もうなくなったら戻らないのに、どれもこれも消えて私からいなくなってしまう。

どうして私から大事なものを全部奪っていくの？　私がなにかした？　出来るだけ周りに迷惑が掛《か》からないように気を遣って、出来るだけなくさないように頑張《がんば》って、それでも私の手からすり抜けていく。

陰口だけならまだ耐えられた。確かに聞くのは辛いけれど慣れているし耐えられる。でも、私の大事なものを壊されたら流石に無理。どうしてそんなことをするの？

私のことを嫌《きら》う誰か。今回、陰口をしている誰かなのだとは思う。怪《あや》しいとするなら、今回噂を主導している、私と同じクラスの荒城《あらき》さんたち。でも証拠《しょうこ》はないし、誰が壊したかはどうでもいい。恨《うら》んだところで意味はない。

（お願いだから、しおりを直してよ。もとに戻してよ）

心が折れてしまった。大事なものがなくなって、もう耐えられる自信がない。これ以上悪意にさらされるのが怖《こわ》い。こちらからなにか行動を起こしたところで好転しないからと諦めて耐えてきたけれど、もう無理。出来るだけ早く陰口なんかなくなって、いつもの日常が戻ってきてほしい。平和に過ごしたい。

いつまで耐えれば済むんだろう。冬休みまで？　もし、冬休みの後も続いたら？　折れた心のせいでこれまで抑えていた不安がどんどん湧《わ》き上がってくる。気丈《きじょう》にふるまって、痛みに慣れて、傷つかないふりをして。強くあろうとしてきた。めげずに向きあってきた。でも、もうそんな風にはなれない。

「お願い、誰か助けてよ……」

弱音が口から漏れ出る。願ったところで誰にも届かない。そんなことは分かっている。それでも願わずにはいられなかった。誰かを頼《たよ》らないともう強くはいられないから。

かけらに想《おも》いをこめて目をつぶる。もう壊れてしまったけれど、彼から貰った大事なしおりのかけら。こんなことをして何か変わるわけではないけれど、少しだけ心が安らぐ。

ふと、最後の去る際の彼の横顔が頭に浮かんだ。

見たことのない真剣《しんけん》な瞳をしていた。何かを覚悟《かくご》したような、そんな表情。静かな怒《いか》りに孕《はら》んだ声に聞こえたのは気のせい？　鋭《するど》く目を細めて、それでも優しく言い残して去った彼の姿はいつまでも瞼《まぶた》の裏に残り続けた。

＊＊＊

斎藤と別れて土砂降りの中、家へと進んでいく。傘を差さず、体はずぶ濡れだが、怒りで熱くなった頭を冷やすにはちょうど良かった。冬の寒風が体に吹《ふ》き付け、急速に熱を奪っていく。そのおかげで冷静さはすぐに取り戻せた。

辺り一面の大雨で視界は悪く、暗闇と共にさらに集中を駆り立てていく。歩き慣れた斎藤の家から自分の家までの道のりを半ば無意識に歩み、思考のみに意識が割《さ》かれる。周りの雨音や風の吹く音、それらを消し去って、今後どうするべきか、それだけを全力で考え始めた。

しおりを壊した犯人は間違《まち が》いなくいる。だが、それが誰かは分からないし、見つけるのは難しい。それに見つけたところで、現在の取り巻く状況《じょうきょう》は改善しない。犯人が捕《つか》まっても、それ以外の人が噂《うわさ》する陰口は残ってしまう。

斎藤が望んでいるのは平和な日常だ。犯人がいじめられるようなことになっては平穏とは程遠《ほどとお》くなってしまう。改善するべきは、現在の学校の環境《かんきょう》、陰口が囁《ささや》かれるのが許される雰囲気《ふんい き》だ。

だが、それを変えるのはとても厳しい。一人、それも俺みたいな目立たないやつが一人で何かをしたところで、たかが知れている。空気を変えるには至らない。それはもう、これまで何度も考えて不可能だと結論づけてきた。

だとしても、諦めるわけにはいかない。斎藤を悲しませないために。苦しませないために。もう慣れているなんて辛いことを言わせないために。そして、斎藤に笑ってもらうために。

どうする？　何をすればいい？　もう俺一人で出来ることは考え尽《つ》くした。考えて考えて考えて、それでもないから『時間が経つのを待つ』という選択《せんたく》しか取れなかった。

俺よりもはるかに学内に影響《えいきょう》を及ぼせる和樹《かずき》に聞いても答えは同じ。あいつもきっと同じようなことで悩《なや》んだことがあったから、俺に忠告してきたのだろう。和樹の諦めたような笑顔が脳裏《のうり》に浮かぶ。

俺だって、斎藤だって、和樹だって、色んな人が考えてそれでも空気を変えるのは難しいと分かっているから、陰口に対して正義を振りかざない。たとえ正しいとしても事態を好転させることにはならないから。

それだけ色んな人たちが思いついていない手段がまだあるのか？　事態を圧倒的《あっとうてき》に好転させられるような、そんな夢みたいな方法が本当にあるのだろうか？　諦めるわけにはいかない。もう観念するわけにはいかないんだ。

考えろ。まだ考えていないやり方がある。裏を見ろ。別な角度から物事を捉《とら》えるんだ。

空気には必ず中心がある。良くも悪くも大体の人間というのは周りの空気に流されるのだから、その流れを作り出す人がいて初めて空気というものは作られる。

今回の陰口の中心に立っている奴は誰だ。そいつを変えれば空気は変わる。変えることができる。そこまで考えたところで、その中心人物がふと浮かんだ。ほんのわずかな心当たり。確信できるほどのものではなく、斎藤からの言葉の予測だが、可能性はある。

『色んな人に言われていますが、あそこまで言われたのは彼女《かのじょ》たちが初めてです』

斎藤はそう言っていた。それはつまり荒城さんたち三人組の陰口が、他の陰口よりも過激であることを意味している。そういう強い物言いが空気を生み出している可能性は高い。

確かめるのはあとにして、彼女たちであると仮定する。彼女たちの意見を変えるにはどうすればいいか？

俺だけでは彼女たちを変えられない。俺自身には何もないから。彼女たちに通用するものを俺自身は何ももっていない。俺一人では何もない。

──だが、二人なら？

俺には一人友人がいる。学校でも有名で、多くの女子に慕《した》われるモテるイケメン。一ノ《いちの》瀬《せ》和樹。あいつと俺二人なら？　一人では厳しくても二人でなら、できることがある。それも片や必ず周りに影響を及ぼす奴。そして、俺は彼女たちに限って接点がある。

気づいてしまえばなんてことはない。別に一人で解決する必要なんてなかった。二人だって、協力したっていいじゃないか。それならいくらでもやりようがある。

最低でいい。それで斎藤を助けられるなら。俺が傷ついたっていい。斎藤はもう十分傷ついたのだから、最後くらいは俺が傷ついてやる。それで斎藤の笑顔が戻るなら構わない。

考えて、考えて、考えて。これまでの会話を思い出していくと、利用できるものがあることに気づく。あれも、これも、すべてはまるで意図したみたいに組み合わさっていく。

途方《とほう》もない集中の果てに、解決の糸口をつかんだ。

「まずは、和樹に連絡しないとな」

スマホを取り出して、和樹に連絡する。協力を仰《あお》ぐ以上事情を話さなければならない。斎藤のことも話さなければならない。だがそれでもいい。斎藤を救えるなら、他のことはすべて構わない。知られたとしても、それでも斎藤を助けたい。覚悟を決めて電話をかけた。


和樹が来るまでもう少しかかるとのことだったので、家に着きお風呂《ふろ》に入って冷えた体を温める。想像以上に冬の雨は堪《こた》え、体の芯《しん》まで冷えていた。

湯船に浸《つ》かることで、じんわりと温《ぬく》もりが肌《はだ》を包み広がっていく。固まった指先が解《ほぐ》れていき、その冷え具合がよく分かった。体の異変に気づかないほど、考え事に集中していたらしい。ようやく、ひと段落がつけたことで、ほっと息が出た。

ゆらゆら揺《ゆ》れる湯船の水面をぼんやりと眺める。これから和樹にあれこれ協力を仰ぎ、明日はいろいろやらなければいけないのだが、不思議と心は落ち着いていた。

ようやく、助けることが出来る。ずっと救いたいと願いながらも、方法は思いつかず、ただ斎藤に耐《た》えさせることしか出来なかったが、これで当分の間は平穏を取り戻せるだろう。

　もちろん、まだ確認しなければならないことはあるし、成功すると決まったわけではない。それでも希望を持てたことは俺《おれ》の気持ちを軽くした。

いくらでも頭を下げてやる。和樹の協力を得られるならどんなことでも話してやろう。

これから和樹に頼むことは、嫌《いや》がられる可能性が十分にあるものだが、それでも斎藤を救うには必要なことだ。協力を了承《りょうしょう》してもらうために意気込んで、湯船から上がった。

時間をかけたおかげで体はぽかぽかと温かい。服を着て頭を乾《かわ》かし、少し待ったところで、呼び鈴が鳴った。

カメラ越《ご》しに和樹であることを確認して、ドアを開ける。ゆっくりと開けたその先には、相変わらず薄《うす》く微笑む和樹がいた。

「よお、悪いな。急に呼び出して」

「いいって。湊《みなと》が急に『頼みたいことがある』なんて電話してきたら、呼び出しに応じないわけにはいかないよ」

「まあ、ここじゃなんだから、中で話そう」

「はーい。お邪魔《じゃま》しまーす」

和樹をリビングに案内して玄関《げんかん》の扉を閉める。ガチャンと音が鳴り、それは話し合いの合図のようにも思えた。

ソファに向かい合うように座ると、早速《さっそく》とばかりに和樹は口を開く。

「それで、頼みたいことって？」

「斎藤を救いたい」

楽しそうに笑っている和樹を正面から真っすぐに見て、端的《たんてき》に告げる。すると、和樹は少しだけ驚《おどろ》いたように目を丸くして、また微笑んだ。

「へえ？　確かこの前の湊の話だと、一度本のお世話になった人って話だったけど？　普《ふ》通《つう》それだけで助けたいとは思わないんじゃない？　湊はそんな安っぽい正義感を振りかざすタイプじゃないでしょ」

「そうだな。基本的には我関せず、っていうタイプだ。面倒《めんどう》ごとなんてごめんだし、関わったところで、いい影響なんて及ぼせないことが分かっているからな。見て見ぬふりが一番だ」

「だとしたら、どうして？」

「もう分かっているんだろ。俺と斎藤の間になにか妙《みょう》な関係があることくらい」

「まあね。でも、湊が話したくないなら、こっちから尋《たず》ねるなんて野暮《やぼ》なことはしないのも分かっているでしょ？」

「ああ。そういう距離《きょり》感のお前だからこれまで一緒《いっしょ》にやってこられたし、感謝しているよ」

「ふふ、素直《すなお》な湊は気持ち悪いな」

「うるせ」

恥ずかしい雰囲気を誤魔化《ごまか》すように少しだけおちゃらけて見せる和樹に悪態をつく。こっちだってこういうのは恥ずかしいし、キャラじゃない。それでも、きちんと伝えたかった。

「お前を頼れる友人として話す。だから協力してくれ」

「うん、いいよ」

「は？」

呆気《あっけ》ない返事に、思わず腑《ふ》抜《ぬ》けた声が漏れ出た。

「まだ、協力して欲しい内容を話していないんだが？」

「聞くまでもないよ。困った友人がいたら助けるのが普通でしょ？　湊には恩もあるしね」

「だからって聞く前に了承するか？」

「いいからいいから。……それに湊を利用した罪悪感もあるんだ」

「それってどういう……」

「とにかく協力するよ。ほら、湊と斎藤さんの間にある関係を教えてよ」

「……ああ、分かった」

　和樹の『罪悪感』という言葉は引っかかったが、ぐいぐい話を進められたので、仕方なく頭の片隅《かたすみ》に追いやる。今は斎藤のことに集中するとき。そうして、これまであった斎藤との出会いから、今まであったこと、今の関係を話した。

「……というわけだ」

「なるほどね。いや、想像以上で驚いたよ。まさか、毎日斎藤さんの家に通っているなんて」

　すべてを聞いた和樹はほへーっとどこか感動した様子さえ見せてしみじみと呟く。

「まあ、そういうわけで日頃《ひごろ》からお世話になっているから、その恩返しで助けたいんだ」

「恩返し……ね。本当にそれだけ？」

　まだあるでしょ、と言いたげな瞳が先を促《うなが》す。やはりばれるのか。恥ずかしいので出来るなら話したくなかったが、これで協力を得られるなら。ええい、儘《まま》よ。

「まあ、その、なんだ……。あいつが悲しむところを見たくないんだ。あいつには幸せでいて欲しい。笑っていて欲しい。だから救いたいんだ」

　顔が熱い。語っていて猛烈《もうれつ》に羞恥《しゅうち》がこみ上げてくる。それでも気持ちに嘘偽《うそいつわ》りはない。真っすぐ堂々と和樹に告げる。すると、和樹は目をぱちくりとさせて、それから可笑《おか》しそうに笑った。

「あはは、なるほどね。うん、凄《すご》く分かったよ。湊らしくないけど、いいじゃん。かっこいいね」

「言っておくけど友人としてだからな。確かに笑顔が好きでその笑顔を守りたいからだが、恋愛《れんあい》感情はないからな？」

「ふーん、友人ね？　まあ、いまはそれでいいよ」

どこか含《ふく》んだ笑みの和樹を睨《にら》みつけて黙らせる。

「それで、どうやって助けるつもりだい？　先に言っておいてなんだけど、下手な手を打つ気なら。協力しないよ。湊には後悔して欲《ほ》しくないからね」

その和樹の言葉は鋭くナイフのようで、心の奥底《おくそこ》に深く刺《さ》さる。過去の経験が言葉に重く乗っていた。

「ああ、そこは安心しろ。それよりまず一つ確認したいことがある。今回の陰口を話している奴らの中心は斎藤と同じクラスの荒城さんたちか？」

俺の問いかけに、和樹は腕《うで》を組む。

「そうだねー。うん、彼女たちの可能性は高いと思うよ。もともとサッカー部の部長のファンは彼女たちが中心となっているグループだからね。それにこれは憶測《おくそく》だけど、斎藤さんと同じクラスだから、何か思うところはあったんじゃない？」

「それで、格好の叩《たた》く理由ができたことで始まった、か」

「そう思うね。どういう流れであれ、彼女たちが陰口を言わなくなれば、今回の陰口の苛《か》烈《れつ》さは鳴りを潜《ひそ》めるのは間違いない」

「その言葉を聞けて安心したよ。それなら上手《うま》くやれる」

一番の懸念《けねん》事項《じこう》だったことが予想通りで済んだ。あとはやるだけ。これからのことを考えて不敵に笑って見せる。

「それで、どうするつもり？　斎藤さんを助けようとすれば、敵意は彼女に向かうよ。湊なら影響は少なくとも、僕《ぼく》が庇《かば》えばかなりの影響が周りに出るよ。陰口をする人たちはもちろん、僕を慕ってくれている女子たちだって可能性はなくはない」

「ああ、その通りだ。だが、お前なら、自分で女子たちの敵意はコントロールできるだろ？　普段、いがみ合わないようにバランスを取っているんだから」

「……そうだけど。でも、そうなると、斎藤さんを庇う回数は抑えなくちゃいけなくなるよ？　庇う回数が増えれば嫉妬《しっと》は強まるし、庇うのを止《や》めれば嫉妬は収まるからね」

「ああ、分かってる」

「本当に分かってる？　庇わなければ救えないのに、庇えないんだよ？」

「誰が斎藤を庇うと言った？」

そう、誰だって助けたい人を庇うのが普通だ。それが一番確かに守れる方法だから。だが、こういう場合には庇うこと自体が状況を悪化させてしまう。だから庇えない。だが、庇う相手を変えたなら？

訝《いぶか》しげに見てくる和樹に俺が考えた方法を説明していった。

「……なるほどね。図書館まえで彼女たちを相手に変な行動をしたのは、やっぱり斎藤さんを庇うためだったんだね」

納得《なっとく》したように頷《うなず》く和樹の視線が居心地《いごこち》悪い。黙って先を促す。

「確かにそれなら、斎藤さんの陰口はなくなるね。少なくとも彼女たちが中心となって陰口を言われることはなくなる」

「だろ？」

「でも、湊はそれでいいのかい？」

「構うもんか。もう十分斎藤は傷ついた。最後くらい傷つくのは俺で十分だ」

「だとしても、湊には変な視線が付きまとうことになるよ？」

やはり、和樹は心優《こころやさ》しい。周りの人間を傷つけたくないから、来てくれる女子たちを無下には扱《あつか》わない。扱えない。珍しい不安げな表情の和樹を鼻で笑ってやる。

「はっ。俺の話題なんか明日は別の話題ですぐに消えるよ」

「でも……」

「それに、もし何かあったら、お前が助けてくれるだろ？」

にっと笑って見せれば、和樹は一瞬目を丸くする。そして可笑しそうに笑顔《えがお》を浮かべた。

「任せて。その時は湊の白馬の王子様にでもなってあげるよ」

「それは勘弁《かんべん》してくれ」

嫌そうに返せば、互《たが》いに笑いあう。さあ、始めよう。終わらせるために。決意を胸に次の日を迎《むか》えた。


翌日、まだ土砂降《どしゃぶ》りの名残《なごり》があるのか、雲は厚く空を覆《おお》っていた。だが雨はやみ、校庭には大きな水たまりがあるだけでその水面は鏡のように静か。どんよりとした曇《くも》り空《ぞら》ではあるが風はなく、どことなく穏《おだ》やかな天気だった。

学校の雰囲気は普段《ふだん》と変わりなく、これから何かが起こるような気配はない。いつも通りの日常が広がっているのみ。皆誰《みなだれ》もが平穏な表情を浮かべ、この後に起こる事件など想像していない。そんなクラスメイトの顔を軽く見回しながら、時間を待った。

放課後を告げるチャイムが鳴る。授業の終わりの挨拶《あいさつ》が済み、それぞれが動き始める。

そんなクラスの動きの中、和樹が一直線に俺の元へやってくる。

「本当にいいんだね？」

「ああ、頼《たの》むぞ」

小声の問いかけに頷き返す。それが合図となり、和樹が俺の手首を掴んで引っ張りながら教室から連れ出した。

「え、なに？」

「なんかあったの？」

異変を感じ取ったクラスメイトが不思議そうな視線を向けてくる。上々だ。注目を浴びるほど効果的になる。だから、出来るだけ早めに動いた。今なら、斎藤のクラスには沢山《たくさん》の人がいるはずだから。

ぐいぐい引かれて、和樹の後ろを俯きながらついていく。俺になにかやましいことがあるみたいに。出来るだけ周りにそう印象を与《あた》えていく。

すぐに隣《となり》のクラスの前にたどり着き、和樹は勢いよく扉《とびら》を開けた。その激しい音に中から多くの視線が注がれる。驚いている人。不思議そうな人。何事かと顔を上げる人。様々な人たちが俺たちに視線を向ける。その中には、斎藤もいた。

昨日の悲しそうな表情はなく、いつも通り。だが、今はくりくりとした瞳を丸くして、俺を見ていた。そんな視線から逃《に》げるため、俯いて視界から消し去る。

「え？　どうしたの？」

「一ノ瀬君？　私たちのクラスに何か用？　隣の人は……」

一ノ瀬のファンであろう女子たちが何人も寄ってきて、不思議そうに首を傾《かし》げる。そんな彼女たちに困ったように微笑《ほほえ》みかけた。

「ごめんね？　今日は別な人に用があって」

「別な人？」

「うん、荒城さん」

そう言って、クラスの奥《おく》の方で見ていた金髪《きんぱつ》の女の子、荒城さんの元へと進んでいく。

もちろん和樹の手は俺の手首を握《にぎ》っているので、俺は後をついていく形だ。

「荒城さん？　え、なんで？」

「二人になにかあるの？」

和樹が零《こぼ》した女の子の名前で、ざわざわとクラス中が騒《ざわ》めく。和樹はこれまで特定の女子と親しくしたことがない。そんなこいつが初めて自分から会いに来た相手。それもこんな衆目があるところで。それは周りの興味を惹《ひ》くのに十分なものだ。

俺たちの動向が注目を浴びる中、和樹は平然としたまま、荒城さんの前に立った。

「えっと、一ノ瀬くんだよね？　私に何か用？」

流石《さすが》に学校でも有名人が急に現れたことに戸惑《とまど》いを隠せないようで、日頃の強気な態度は消えている。

「この前、図書館前で変な奴に失礼なことを言われたって話していたの、荒城さんたちだよね？」

「え、うん、そうだけど」

予想外の話題に、ぽかんとしたままこくりと頷く荒城さん。その後ろにいたいつもの二人の女子も同様に頷いた。

その会話が聞こえたのか、周りからの話し声が耳に入る。

「え、なに、その話？」

「私この前聞いた。なんか図書館前で急に荒城さんたちの前に男子が現れて変なこと言われたって」

「へえ、そんなことあったんだ」

俺が図書館前で起こした事件は、まだそこまで広まっているわけではない。それでも当事者がいるクラスなら、それなりに知っている人たちはいる。あとはその人たちに、今、クラスの全員に広めてもらうだけだ。

和樹は、少しの間黙って、それらの話がクラスに行き渡《わた》るのを待つ。それから、俺の手首を引いて荒城さんの前に連れ出した。

「それって、彼じゃなかった？」

和樹と荒城さんの間に立たされ、俺は猫背《ねこぜ》のまま、荒城さんに顔を向ける。周りから「誰？」「ほら、時々一ノ瀬くんと話してる暗めの人」とそんな声が聞こえた。荒城さんは、まだ状況が飲み込めていないまま、俺の顔を見てこくりと頷いた。

「あ、うん。この人よ」

「やっぱりか。荒城さんにあんまり失礼なことをする人が許せなくてさ。連れてきたんだ。ほら、荒城さんに謝《あやま》って」

「……この前は失礼なことを言ってすみませんでした」

突然《とつぜん》の出来事を前に、まだ上手く理解できていないようで、恨み言ひとつ返ってこない。ただ黙っている彼女たちに、予定通り和樹は話を進める。

「これで、少しは許してくれるかな？　あとで彼には僕から注意しておくし。後ろの二人もいい？」

「あ、はい」

「私も大丈夫《だいじょうぶ》です」

言われるがままに頷く彼女たちに、和樹は満足したように微笑んで頷く。

「実は荒城さんとは前から話をしたかったんだよね。だから今回のことがあまりに許せなくて連れてきちゃった。迷惑だったかな？」

「い、いいえ、大丈夫です」

「そう。ならよかった。また今度、話そうね」

「はい、ぜひ」

「ほら、行くよ。これから色々言わせてもらうから」

俺にどこか冷たい感情を滲《にじ》ませながら、手首を掴《つか》んで教室を出ていく。出ていく途中《とちゆう》、ひそひそと話す声が聞こえてくる。

「え、一ノ瀬くんがわざわざ荒城さんを庇ったってこと？　あの一ノ瀬くんが？」

「確か荒城さんってサッカー部の部長のファンだったよね？」

「そうそう。それなのに一ノ瀬くんまで」

「初対面でこんな庇うことある？　本当は裏でつながっていたんじゃ……」

さまざまな憶測が飛び交《か》う。すべて上手くいったことを告げるその憶測に内心でほくそ笑《え》みながら、人気がないところまで大人しく連れ去られた。

「どこまで連れていったらいい？」

「そうだな。この真冬なら屋上は誰もいないだろ。万が一にも話を聞かれるわけにはいかないから、そこまでだな」

「分かった」

校舎の端《はし》のさらに最上階まで上がり、屋上へつながる扉を開ける。いつも慣れ親しんだその場所には、誰もおらず閑散《かんさん》としていた。隠れている人もいないことを確認して、やっと手首を放される。周りをだますためとはいえ、力強く握られていた手首には、うっすら赤い跡《あと》が残っていた。

「とりあえず、斎藤に少し連絡《れんらく》していいか？」

「うん、いいよー」

軽い返事を聞き流しながら、斎藤に今日は家に寄らない旨《むね》を伝える。今日顔を合わせるのは気まずいし、何より疲《つか》れた。図書館前で荒城さんたちと対面したときも思ったが、こういうのはやはり慣れるものではない。人間関係は面倒なことばかりだ。

はぁ、と小さくため息を吐《つ》くと、送ったメッセージにすぐに既読《きどく》がつく。なにか聞かれるかもな、と覚悟したが、あっさりとした了承の返事だけだった。

一連の行動の意図を察してなのかは分からない。いまいち斎藤がどう考えているのか読めなかったが、そっとスマホの画面を消す。顔を上げると和樹は手すりに両腕《りょううで》をのせて、目を細めながら校庭の方を見ていた。

「これでうまくいったかな？」

「さあな、明日になってみないと分からないな。まあ、最後のあの感じだとおおむね望んだ方向に進むと思うぞ」

「なら、いいけど。それにしても、あんな方法よく思いついたね」

「別に、俺一人ではどうしようもなかったし、お前がいたから出来た方法だよ」

そう。あの方法は俺と和樹が二人そろって初めて成立する方法だ。それも陰口を言っている相手が荒城さんで、その荒城さんに失礼を働いた俺、という状況も重なっていたからこそ、出来た方法だ。

しかも別に褒《ほ》められた方法でないことも自覚している。疑惑《ぎわく》を彼女たちに重ねさせて、周りの空気を操《あやつ》って荒城さんたちの意見を封《ふう》じる最低な方法。それは彼女たちが行っていた方法と同類だ。決して褒められるべきではない。

今回の出来事で、周りからは和樹が、初めて女の子を守るために行動を起こしたように見えるだろう。わざわざ犯人を連れてきて皆《みな》の前で謝罪させたのだ。それは普段のこいつの行いとは反する。つまり、それだけ荒城さんたちを大事にしているように見える。

あとは簡単だ。そう、和樹が話していたようなことが起こる。和樹のファンが荒城さんを目の敵にするだろう。

だが、和樹はこれ以上荒城さんたちとは関わらないことで、いじめまでいくことはない。荒城さんたちも和樹との繋《つな》がりを聞かれるだろうが、初対面としか答えようがない。それは和樹も同じ。時間が経《た》てば単なる和樹の気まぐれということで片付けられる。

周りに睨まれている間、荒城さんたちは大人しくしていることしか出来ない。彼女たちが陰口で言っていた、有名人に手を出したのは自分たちになっているのだから。陰口を言おうものなら、自分たちに返ってくる。

もし、周りの空気が落ち着いたときに、また言い始めたとしても問題ない。そのときは和樹に話かけてもらうだけでいい。一度目の強烈《きょうれつ》な印象はその後も付きまとう。ただ話しかけただけでも、周りは噂を立てるだろう。つまり今後、少なくとも荒城さんたちが中心となって、斎藤の陰口が起こることはなくなったのだ。

これが、しおりを壊《こわ》されるという結果を招いてしまった俺の最大の罪滅《つみほろ》ぼし。もう斎藤が泣かなくてすむように。笑っていられるように。少なくとも今後の学校生活で、斎藤が酷い陰口に遭《あ》うことはない。

「まさか、憎《にく》き相手に頭を下げるなんてね」

「別に今後の結果を考えれば構わないさ」

「斎藤さんの笑顔を守れるなら？」

「うるせ」

にひっとからかう笑みを浮《う》かべる和樹を睨みつける。まったく、またからかいのネタを与えてしまった気がする。だが、後悔《こうかい》はなかった。

睨まれた和樹は一瞬《いっしゅん》苦笑いを浮かべると、瞳《ひとみ》に憧憬《しょうけい》を滲ませて正面に向きなおり、それから遠くを眺《なが》めた。

「……ほんと、湊は凄いな。僕も湊みたいだったら救えたのかな」

優《やさ》しくそれでいて穏やかな声。それが和樹の後悔であることはすぐに分かった。

「お前さ、なんで俺に協力してくれたんだ？」

「え？　湊が友達だからだけど」

「だからって、普通はあんなに簡単に了承しないだろ。なぜ俺にそこまで協力する？」

斎藤を助けるためなら、とあまり気にしないようにしていた。和樹の協力は不可欠だったから。だが、やはり疑問は残る。なぜあっさり了承してくれたのか。どうしてここまで協力してくれたのか。そこに、さっきの表情。聞くべきかは迷ったが、協力してくれた者として、そして友人として、聞くべきだと感じた。

真っすぐに見つめると、和樹は迷うように瞳を揺らす。それから、俯《うつむ》き小さく息を吐いて、またこちらを見た。

「……前に、中学で一人好きな女の子がいたって話をしたよね？」

「ああ、言っていたな。そんなこと」

「その子はなんていうか、湊に雰囲気が似ているんだ。目立つのが苦手なところとか。一人を好むところとか」

「それで？」

「その子と知り合って仲良くなっていったんだけど、ある時、僕と彼女が仲良くしている噂が流れた」

思い出すのが苦しそうに眉《まゆ》を顰《しか》め、それでも続ける和樹。その話を聞いて、なんとなくこの後の話を察した。

「もちろん、中学でもモテた僕にはファンの女の子は沢山いたんだ。その子たちは抜《ぬ》け駆《が》けをしたとして、色んな陰口をし始めた。もちろん僕は彼女を庇おうとしたんだけれど、庇えば庇うほどに悪化していった。今考えれば、そんなの分かりきっていたことなんだけどね。当時の僕にはそんなこと予想もつかなかった」

そういうことか。聞けば聞くほど、今回の事件に似ていた。多少異なる部分はあれども、根幹のところは同じ。だから、あれほどの後悔を滲ませて忠告してきたのだろう。

「結局、自分がなにもしないで、彼女との関係を断《た》つことが一番の解決方法だと気づいたわけ。自分がなにかをすれば周りが傷つくから、だから僕は自分から何もしないことを選んだんだ。それが今の自分だよ」

こっちを向き、諦《あきら》めたように笑っている。それはいつもの仮面を被《かぶ》った姿ではなく等身大の和樹のように見えた。

「なんとなく、湊と斎藤さんの間になにかがあるのは分かっていたし、そんな二人をどうしても昔の自分と重ねずにはいられなかったんだ。だから、もし、今の自分でもなにかできることがあるなら、力になりたかった。昔の罪滅ぼしみたいなものさ」

「……そういうことだったのか。初めてお前という奴《やつ》が分かった気がしたよ。ただのいけ好かないイケメン野郎《やろう》だと思ってた」

「そんなこと、思っていたのかい⁉」

ショックを受けた風を見せる和樹を鼻で笑う。

「まあ、お前のおかげで今回は上手くいったんだ。助けてくれてありがとな」

「いいって。斎藤さんは前から自分と似ているなとは思っていたんだ。あの厚い仮面はさぞかし大変だろうけど、湊みたいな人がついてくれているなら安心できるよ。きっと、彼女は湊に助けられているだろうね」

「俺の方がお世話になっていると思うけどな」

日頃から本を貸してもらっている以上、面倒になっているのはこっちだろう。そう思って返すと、和樹は分かりやすく微笑んだ。

「いーや。僕が彼女に救われていたように、斎藤さんは湊に救われているよ。一人でも等身大の自分を見てくれる人がいるってのは、それだけで心の支えになるものだよ」

「そんなもんか」

和樹の言葉は実感がこもっているせいか、やけに説得力を帯びていた。少しでも日頃の恩を返せているならいい。そう思って素直に頷いた。

「もうその彼女には会っていないのか？」

「卒業してそれっきりさ。どうしても引け目を感じてね」

「ふーん、そうなのか。まあ、もしまた会う気になったら相談してくれ。力になるよ」

「ありがとう。じゃあ、そのときはバイト先で相談にのってもらおうかな」

「は？　なんで、バイト先？」

「いや、何でもないよ。そのときはよろしくね」

少しだけ明るくなった和樹は、少年のように無邪気《むじゃき》に笑う。そんな姿を横目に校庭に視線を向けると、久しぶりに姿を見せた沈《しず》みかけの太陽が、赤く夕陽《ゆうひ》となって地平線から少しだけのぞいていた。

翌日、俺たちが起こした騒動《そうどう》は予想以上に校内に広まっていた。それだけ和樹という存在が注目を浴びていたということだろう。自分のクラス、そして同学年、さらには他学年まで広まっているようだった。廊下《ろうか》を歩いていると、何度かその噂を話している声が聞こえた。

それだけ広まれば、勿論俺の存在も認識されるわけで、クラスでは妙な視線を向けられる。仮にも女子に失礼を働いたのだから、多少批判的なことは噂されても仕方がない。今も、座《すわ》って大人しく本を読んでいる俺を見て、和樹とその周りの女子が話していた。

「あの子でしょ？　荒城さんに変なことを言った人って。一ノ瀬君が説教したって聞いたよ」

どこか軽蔑《けいべつ》するような視線。こういう視線はいつだって心に突《つ》き刺さる。たとえ気にしないようにしても。それなのに、これに平気な顔をして耐えてきた斎藤がどれだけ凄いか、痛感する。静かに本に意識を割《さ》いていれば、和樹が苦笑いを浮かべて、女子をなだめていた。

「まあまあ。あの後きちんと話して田中《たなか》には反省してもらったから。あまり責めないであげて」

「えー。そんな簡単に反省なんてしないと思うけどなー」

「それより、一ノ瀬君が荒城さんのために庇ったたっていうの本当なの？　確かに昨日、あの人を連れて教室を出ていったけど」

「本当だよ」

「荒城さんと何かあるの？」

「全然。何にもないよ。初対面だよ」

薄く微笑む和樹の表情はそれ以上の追及《ついきゅう》を許さない。こんな会話が今日はずっと続いている。

和樹が荒城さんを庇ったという噂《うわさ》は、予想通り、いや予想以上の効果を発揮していた。荒城さんと和樹の間に何かあるんじゃないか？　という噂はすぐに広まり、荒城さんには和樹のファンから批判的な視線が集まった。荒城さんたちはその視線を和《やわ》らげるべく、和樹と初対面だと必死に弁明していた。和樹も初対面だと言っているので、それ以上に悪化する様子は今のところないが、荒城さんたちに集まったヘイトは斎藤への噂の方に集まった。これは俺の予想外の効果だった。

「前から思っていたんだけど、斎藤さんの悪口、あれ酷《ひど》くなかった？　私嫌だったんだよね」

「分かる。なんとなく言えない空気だったから黙《だま》ってたけど、別に斎藤さんは何も悪くないじゃんね」

そんな声が所々で出始めた。斎藤への陰口《かげぐち》を是《ぜ》としない雰囲気《ふんいき》。荒城さんたちの圧力がなくなったことで、今まで黙っていた人たちの溜《た》まっていたフラストレーションが正論となって機能し始める。それは、望んだ平和な日常が始まった証だ。これで斎藤がもう陰口で傷つくことはなくなったことに、そっと安堵《あんど》の吐息《といき》を零した。

放課後、斎藤の家への道のりを歩む。晴れた空はすがすがしく、赤に染まった道で自分の影法師《かげぼうし》が自分について歩く。久しぶりの晴れ空は、冬にしては珍《めずら》しい楽し気な色をしている気がする。それは自分の気持ちが映っているせいか。

上手くいったとはいえ、この後斎藤に事情を聞かれることは目に見えている。どう説明したものか。それだけが少しだけ悩《なや》ましい。今回やったのは自分勝手な都合を押《お》し付けただけに過ぎない。

だから、斎藤は気にする必要はないと思うのだが、責任感の強い彼女《かのじょ》のことだ。責任を感じてしまうだろう。どう彼女を納得させるか、それだけは斎藤の家に着いても決まらなかった。

斎藤の家に着き、呼《よ》び鈴《りん》を鳴らす。まだどう話すべきは決まっていないが、もうなるようにしかならない。少しの緊張《きんちょう》と共に扉の前で立ち待てば、斎藤が出てきた。

静かに髪《かみ》を揺らす姿は相変わらず、見惚《みと》れるほどに美しい。差した夕陽が髪を赤く染めて煌《きら》めかせる。一昨日ぶりだが、どこにもあの日見た悲しむ姿はない。ただ、俺を透《す》き通る瞳でとらえ、少しだけ戸惑うように揺らしていた。

「えっと、こんばんは」

「あ、ああ。悪いな。昨日は突然行くの止《や》めて」

「いえ、それは別に……」

気まずい雰囲気に会話は錆《さ》びつく。普段どんな風に話していたか忘れたみたいに、言葉が全然出てこない。とりあえず、いつものように用件を済まそうと本をリュックから取り出して渡す。

「えっと、これ。面白《おもしろ》かった」

「……はい。これが今日の分です」

斎藤は交換《こうかん》し受け取った本を胸に抱《だ》いて、小さく俯いた。そのまま顔が見えないまま慎《しん》重な声音《こわね》でそっと零す。

「……昨日のあれは何ですか?」

「何ですかと言われてもな。見たまんまだよ。和樹に怒《おこ》られて荒城さんに謝りにいったんだ。謝っているところ、斎藤も見ていただろ？」

「それは分かっています。でも、そういうことを言っているんじゃありません」

そう言いながら、ゆっくりと顔を上げる。その瞳は潤《うる》んで泣きそうに歪《ゆが》んでいた。

「今日学校に行ったら、学校は一ノ瀬さんの話題で持ちきりでした。そして、荒城さんの噂をよく思っていなかった人たちから、謝られました。陰口を言っていた人たちを止められなくてごめんね、と。明らかにいつもと空気が変わっています。昨日までの空気と。全部あなたがしたんでしょう？」

確信めいた瞳で真っすぐにこちらを見つめてくる。あまりに澄《す》んだ瞳に、有耶無耶《うやむや》に誤魔化すことさえできなかった。

「なんで私にこんなにしてくれるんですか？」

「そりゃあ、日頃恩になってるからだよ」

「嘘《うそ》です。それはこんなことをする理由にはなりません。私がしていることなんて本を貸しているだけですよ？　あまりに釣《つ》り合わなさすぎます」

頑《かたく》なになる斎藤を前に、そっと吐息を零す。

「……お前のしおり壊れちゃっただろ？　本当はそういう可能性があるの分かっていたのに何もしなかった自分が許せなくてさ」

「それはあなたが気にすることでは——」

「気にするよ。お前に悲しそうな顔をさせてしまったんだから。でも、もうお前が被害《ひがい》に遭うことはないから。少なくとも酷い陰口を言われるようなことにはもうならない」

「どうしてわざわざ私のために……」

「別に気にするな。それに俺《おれ》なんかほとんどやってない。実行したのは和樹だ」

俺がやったことは褒められることではない。皆をだまし、ただやられたことをやり返したに過ぎない。それも本人の復讐《ふくしゅう》ではなく、第三者が勝手に割り込んで自分勝手にやり返しただけだ。そんなものは感謝されるべきではない。

「気にするなと、言われても気になります。私を庇うためにあなたが逆に悪く言われるようになってしまいましたし」

「良いんだよ。それは覚悟《かくご》していたことだ。それに俺の話なんてすぐになくなるよ。和樹の噂が消してくれる」

「ですが……」

やはり納得していないようで、眉をへにゃりと下げたままこちらを窺《うかが》ってくる。本当に優しい人だ。いつだって、斎藤は心配ばかりをしてくれる。こんな優しい人がもう傷つかなくなるなら、俺のことなど軽いものだ。だが、それでも——。

「それでも気にするならさ」

「気にするなら？」

「俺の前では笑顔でいてくれ」

「はい？」

きょとんと目を丸くして固まる斎藤。あまりに予想外だったのか、間抜《まぬ》けな表情だが、それも愛らしい。

「あー、まあ、なんだ。斎藤の笑っている顔、結構好きなんだ。見ていて癒《いや》されるし。だから、俺の隣で笑っていてくれ」

自分の想《おも》いを零すことに慣れておらず、羞恥がこみ上げてくる。斎藤から目を逸《そ》らしながら言い切ると、斎藤は一瞬目をぱちくりとさせて、それからほんのり頬《ほお》を朱《しゅ》に染める。

そして照れを誤魔化すように、はにかみながらも桜が舞《ま》うような満面の笑みを浮かべた。

「分かりました。これからもよろしくお願いしますね」

斎藤side

（まったくもう、この人は）

本当にヒーローみたいな人。自分の犠牲《ぎせい》を顧《かえり》みずに助けにきてくれる。『笑顔でいてくれ』なんて、そんなことを言われたら、もう何も言えない。どうしようもないほどの感謝で胸の内はいっぱいだ。

彼《かれ》が昨日急に教室に現れたときは驚《おどろ》いた。それも一ノ瀬さんに連れられて。ただならぬ雰囲気を纏《まと》った二人にクラスのみんなの注目が集まっていった光景は、今でも鮮明《せんめい》に思い出せる。何が起こるのか、そんな好奇《こうき》に満ちた視線がいくつもあった。

その後に起きた出来事はあまりに予想外のものだった。一ノ瀬さんが彼に促すようにして荒城さんたちに謝罪させたのだ。まるでさらし者にするように彼をみんなの前に立たせて、荒城さんたちに頭を下げさせていた。一ノ瀬さんがそういうことをする人ではないので、クラスはとてもざわついた。どうやら、一ノ瀬さんが荒城さんを庇うためにしたみたいだった。

一体どうしてあんな出来事が起きたのか。あまりに唐突《とうとつ》で不自然で、疑問は尽《つ》きなかった。その意味に気づいたのは次の日、つまり今日。

登校してまず気づいたのは、一ノ瀬さんたちの昨日の出来事について学校中に広がっていたこと。一ノ瀬さんは私でも知っているほど有名な人なので、噂が大きく周知されているのは当たり前の結果だと思う。一ノ瀬さんの話題で持ちきりになるのは今回が初めてではないし。

ただ、その噂の影響《えいきょう》があまりに私に都合が良いようになっていることに、その後気づいた。

まず、荒城さんたちに批判の視線が集まったこと。私が部長の告白を受けて陰口を言われたことと同じように、彼女たちも一ノ瀬さんに守ってもらい、一ノ瀬さんのファンたちからの睨みが増えていた。それに伴《ともな》って、荒城さんたちは私の陰口を言えなくなり、荒城さんたちの影響が弱まったことで、周りの人が私に謝罪に来るようにまでなった。

それはずっと望んでいた平穏《へいおん》で、耐《た》えて待ってきたもの。私の陰口を言うことが出来ないそんな雰囲気が校内に満ちていた。

彼のあの行動がすべてを変えた。ここまでのことが起きてたまたまとは思えない。彼は私のためにあんな行動を起こしたのだ。

学校の雰囲気を変えるのにこんなやり方があったなんて。私では到底《とうてい》思いつかないし、素直《すなお》にそれを考えた彼は凄《すご》いと思う。そして、普通《ふつう》思いついたとしても、こんなやり方はそうそう出来るものではない。

自分を犠牲にして、空気を変えるなんてそうそう取れる手段じゃない。普通は自分が一番可愛いから。それなのに躊躇《ためら》うことなく事もなげにやって見せた、彼には感謝しても感謝しきれなかった。

「どうした？」

「いえ、何でもないです」

不思議そうに首を傾げる彼。自分がどれほどのことをしたのか自覚がないみたい。しおりを壊されて絶望に打ちひしがれていた私を救ったんだよ？　少しは自分のしたことを自覚してほしい。

本当にずるい人。そんなことされたら期待しちゃう。あなたの特別なんじゃないかって期待しちゃう。私のためにこんなことをしてくれて。わざわざ自分が傷ついてまで助けてくれて。あなたが責任を感じる必要なんてないのに。少しはあなたの特別になれているのかな？

「笑顔が好きだ」なんて正面きって言うんだから、少しくらいは私に魅力《みりょく》を感じてくれているの？　まったく、あなたと一緒《いっしょ》にいるといつも幸せで、笑顔になってしまう。あなたの望みなら、ずっと隣で笑っていよう。少しでもあなたを癒せていることを信じて。それがああ、ほんとうに彼のことが好き。抑《おさ》えてもどうしようもないくらいにあなたのことが好き。急に現れて、かっこよく救ってくれちゃうんだから、そんなのどうしようもない。

まだしおりが壊れてしまった悲しみは癒《い》えないけれど、それでも気持ちが軽くなったのは、彼のおかげ。

「笑顔が好き」と言った時の彼の照れ顔を思い出す。恥《は》ずかしそうに頬を薄《うす》く朱に染めている姿は珍しくて、ちょっと可愛《かわい》かった。照れ隠《かく》しのせいか言い方はぶっきらぼうだったけれど、それが本音であることを裏付けて、正直な気持ちであることが分かった。

ずっと友達のままでいられればいいと思っていた。なにか行動を起こして避《さ》けられることの方が嫌《いや》だったから。なくしたくないぐらい今の関係は大事なものだから。失うくらいなら今のままでいい、そう思っていた。

でも、いいのかな？　少しくらいは頑張《がんば》ってみても。ちょっとは期待してもいい？　こんなに私のために頑張って助けてくれたんだから、可能性はゼロじゃないはず。あんな照れ顔を見せて、少しは私のことを意識してくれているのかな？

彼は私の好意は迷惑《めいわく》じゃないと言っていたし、ほんの少しだけ彼に意識してもらえるよう頑張るくらいなら許してくれるはず。あからさまな好意を見せるつもりはないけれど、ちょっとだけなら自分の思う通りに動いてもいいかな。

――臆病《おくびょう》な私に、ほんの少しだけ勇気が湧《わ》いた。

荒城《あらき》さんに謝罪をしたあの日から十日ほどが過ぎ、残すところは冬休みだけになった。幸いなことにあれから斎藤《さいとう》の陰口が酷くなったという話は聞かない。一部ではまだあるのかもしれないが、少なくとも斎藤の周りに被害が出ない程度には収まっているみたいで、安堵する。

荒城さんたちへの批判もまだあるが、和樹《かずき》が特に彼女たちと交流をもっていないことで、徐々《じょじょ》に収まりつつある。冬休みに入り三学期になれば収まっているだろう。すべて計画通りに進み、斎藤の望んだ平穏は訪《おとず》れたと言ってもいい。

何もせずとも三学期まで待てば、現状と同じ程度の日常は訪れていたのだろうが、いじめに発展していた可能性もある。なので、自分がやったことは後悔していない。

斎藤はあれから悲しい表情は見せることなく、いつもの穏《おだ》やかな表情でいてくれるので、それだけで十分自分の頑張りは報《むく》われていた。

そんな達成感を胸に、現在斎藤と向かいあっている。相変わらずの無表情だが、以前より刺々《とげとげ》しさがないのは気のせいではないだろう。優し気《げ》に細められた瞳がそう語っている。

いつものように本の貸し借りを終え、斎藤から本を受け取ったところで明日からのやりとりについて決めていないことに気づいた。

明日から冬休みということで学校には行かなくなるのだが、冬休み中の本の貸し借りはどうするつもりなのだろうか？

「本、ありがとな。……そういえば、お前って冬休み何か予定とかあるの？」

「いえ、特にありませんけど。家で読み終わってない本を読むつもりです」

なんとなくそんな気はしていたが実際そうだったらしい。

案の定というか予想通りというか、彼女らしい過ごし方に苦笑《くしよう》してしまう。

「あまり遊ぶ友人はいないですし、たまにある男性からの誘《さそ》いは基本的に断っているので、どうしても空きますね」

塩対応の彼女はガードが固いので、淡《あわ》い期待を込めて誘った男子たちがバッサリ切り捨てられたことは容易に想像できた。

本当によく誘えたものである。俺ならそんな断られ方をされたら立ち直れないので出来そうにない。

「……私とそんなに過ごしたいんですかね」

「まあ、あわよくば付き合うのを狙《ねら》っているんだろうな」

「そういう人たちと付き合うことなんて絶対ないです」

今のセリフを聞いたら涙目《なみだめ》になりそうな男性たちを心の中で慰《なぐさ》めておいた。

「なんとなくそんな気はしていたが、一片《いっぺん》も？」

「ないですよ。あんな下心丸出しの人たちと付き合うなんて考えられません」

彼女のような塩対応の人間に対して積極的にいける人間なんて限られている。

本当に好意を寄せている人なら、彼女の対応に二の足を踏《ふ》むだろう。

ある意味選別された結果、彼女に話しかける人間には悪い男しかいないのかもしれない。

「……まあ、ちゃんとお前のことを見て誘ってくれる人もいるから、あんまり無下にはしないでやってくれ。下心を持っていない人間かは分かるだろ？」

「ええ、さすがに分かりますよ。あなただって違《ちが》うでしょう？」

「まあな」

多少撫《な》でたいといった欲求に駆《か》られたことはあるが、それは小動物に抱く衝動《しょうどう》に近く、それ以外に彼女に何かしてやろうという気は一切《いっさい》ない。

もしそんなことを考えていたならば、すぐに気づいて彼女は俺から離れていただろう。

安全な男だから一緒にいられるのであって、仮に牙《きば》の一つでも見せたら彼女はすぐにいなくなるだろう。

以前、斎藤が好意を俺に寄せてくれているのかもしれない、と考えたこともあったが、少なくとも現状で斎藤が俺と友達でいたいのは明確で、自分も今の関係を変えるつもりはさらさらなかった。

「だから信頼《しんらい》してます」

「そりゃあ、どうも」

互《たが》いに友人として、それが俺と斎藤の距離感《きより》だ。

「……それで、聞いてきたあなたの予定はあるんですか？」

「いや、一切ないよ。お前と同じように家で過ごすだけだ」

「じゃあ、なんで聞いたんですか？」

「いや、本の貸し借りをどうするか気になってだな。互いに出かけることはなさそうだし、当分の間はなしでいいか？」

もともとインドア派で出かけることは億劫《おっくう》なタイプなのだ。あのシリーズは読みたいところだが、わざわざ借りに行くためだけに出かけるのは面倒《めんどう》くさい。

「なるほど、そうですよね……」

俺の提案に彼女は目をぱちくりと瞬《まばた》かせ、それからほんの少しだけ眉をへにゃりと下げた気がした。

「……それでも構いませんが……よかったら私の家で一緒に過ごしませんか？」

「はい？」

何か考え込むようにしたかと思えば、とんでもないことを言い出した。

思わず彼女のことを見返してしまうが、特に変わった様子はなく平然としている。

「だから、私の家で一緒に過ごしませんかって言ったんです」

「いや、それは聞こえてる」

さすがに俺の耳はそこまで遠くない。まだピチピチの高校生だ。

「私の家ならその本全部読めますし、いちいち持ち帰る必要もなくなります」

なるほど、確かにそうだ。

彼女の家なら全冊あるはずだし、一日中いるならば何冊も読めるだろう。それなら出かけるだけの価値がある。だが……。

「いや、でもな……」

そう、相手は女の子なのだ。これで同性だったなら何も憚《はばか》ることなく行くことにしたが、異性なのだ。彼女が信頼してくれているから提案してくれたのは分かっている。

こちらとしても別に意識していないし何かをする気もないが、若い男女が同じ部屋で過ごすというのは、なんというか心臓に悪そうで気まずい。

「いいんですか？　読み放題ですよ？」

そんな俺の苦悩《くのう》をからかうかのように魅力的《みりょくてき》な言葉を口にしてくる。そんなこと言われてしまえばますます決断が鈍《にぶ》ってしまう。

「……それにもう少し一緒に感想とか語り合いたいです」

これまでも感想を言い合うことはあったが、外であったためあまり長く語ることができなかった。やはり同じ本を好む者同士、もっと語りたかったのだろう。

眉を下げて控《ひか》えめに小さく望みを口に出されればもう断れるはずがない。色々思うところはあったが、彼女にそう言われてしまえば頷《うなず》くしかなかった。

「……分かった。それで頼《たの》む」

「はい、分かりました」

俺の返事にほんのりと口元を緩《ゆる》め、ぱあっと目を輝《かがや》かせる。小さく笑った彼女はなんだか直視しにくく、さりげなく顔を背《そむ》けた。

冬休み初日、早速彼女《さっそくかのじょ》の家へ訪れた。

もう何度も行き慣れていたので玄関《げんかん》までは簡単に辿《たど》り着く。

だがなかなか呼び鈴を鳴らす勇気が出ず、ボタンに指を付けたまま押すことができずにいた。

以前に二度ほど斎藤の家には入ったことはあるが、それとはわけが違う。一日中一緒に二人きりで過ごすのだ。こんな長時間一緒にいるなんてどう過ごしていいか分からない。まだ歩いて来ただけだというのに、既《すで》に緊張と不安で精神的にかなり疲《つか》れた。

斎藤の小さな望みを叶《かな》えたくて承諾《しょうだく》したが、軽はずみだったかもしれないとほんの少しだけため息を吐《つ》く。

まあ、これ以上くよくよしていても仕方がないのでボタンを押すと、扉《とびら》が開き斎藤が姿を現した。

「どうぞ、入って下さい」

いつもの見慣れた制服姿ではなく、ぶかぶかのグレーのパーカーに下は黒のズボンという、まさに部屋着といった感じの服を着ていた。

おそらくゆるい服が楽だから着ているのだろう。

普通ならそんな姿ならダサいだろうに、彼女が着るとそれすらも様になって見えるのだから美少女というのは得なものだ。

「お邪魔《じゃま》します」

見慣れない彼女の服装に少しだけ違和感《いわかん》を覚えつつも、奥《おく》の部屋へと案内された。

「……本だらけだな」

以前入ったときも見かけたが、眼前には膨大《ぼうだい》な量の本が詰《つ》め込まれた本棚《ほんだな》がいくつも並んでいた。

一般《いっぱん》の女子高生の部屋とはほど遠いが彼女らしい部屋に思わず苦笑する。

他の女子の部屋に行ったことはないが、女子の部屋は花の香《かお》りや甘《あま》い匂《にお》いがする、といった表現をよく見かけるが、この部屋から漂《ただよ》うのは本屋と同じ紙の匂いだった。

「別にいいでしょう」

「前来たときも思ったが、女子高生の部屋とは思えないな」

「私に一般の女子高生を期待しないでください」

彼女も自分が普通の女子高生とはほど遠いことは自覚しているのか、ツンとしたいつもの冷たい声でそう言われてしまった。

「まあ、紙の匂いは落ち着くから俺は好きだけど」

フォローの意味も込めて小さく零《こぼ》す。

一般の人からしたら変な匂いなのかもしれないが、この匂いはとても落ち着く。

なんとなく優しい匂いだし、本に包まれたような気分になれるので特に本屋は好きだ。

この部屋も同じ匂いがするので、さっきまでの緊張がゆるりと解けた。

「……そうですか。飲み物入れてきます」

彼女はピクッと身体を震《ふる》わせたかと思えばキッチンの方へと行ってしまった。

どこに座るか一瞬迷ったが、律儀《りちぎ》に椅子《いす》が二つ用意されていたので片方に座る。

ほっと一息をつきリビングを見回す。リビング以外にはキッチンといくつか部屋らしき場所があった。

そのままキッチンの方を見ると彼女は急須《きゅうす》でお茶を入れているところだった。

ただの本好きの少女というわけではないらしい。洗練された動きから育ちの良さというのを感じた。

「……なんですか?」

俺が見ていたことに気づいていたらしく、彼女はトンッとお茶を机の上に置くと、眉をひそめて軽く睨《にら》んできた。

「意外と家庭的な面もあるんだなと」

「家庭的かは知りませんが、一人暮らしなんですからこのくらいは出来ます」

お茶を急須で入れられるのが一般的《いっぱんてき》だとは思えないが、彼女からすると当然らしく、呆《あき》れ顔《がお》で見てくる。

はあ、とため息をついて彼女はそのままソファに向かい合う形で座った。

しん、と静かになり沈黙《ちんもく》だけがあたりを漂う。

こう静かになると否応《いやおう》なく俺と彼女しかこの部屋にいないことを実感する。

別に彼女とどうこうなるつもりは一切ないが、異性、それもとても可愛い女の子と二人きりでいるという状況《じようきよう》は、やはりなんとなく緊張するし落ち着かない。

少しでも落ち着こうと、俺は一口お茶を飲んで心を鎮《しず》めた。緊張してお茶をすするが、妙《みよう》な雰囲気の静寂《せいじやく》が収まることはない。

これ以上この雰囲気に耐えきれず、唐突かもしれないが声をかけた。

「な、なぁ、本はどこだ？　早く読みたい」

「あ、すみません。本はあちらの本棚にあります」

「そうか」

指し示された本棚にいそいそと向かう。なんとなくこれ以上二人きりでいることを意識したくなかった。

指定された本棚を見ると、確かにこれまで借りてきた本達《たち》がずらっと綺麗《きれい》に並んでいる。きちんと順番に並んでいるあたりに彼女の几帳面《きちようめん》さが出ている気がした。

まだ読んでいない巻を手に取り、また席に戻《もど》る。彼女は既に机に置かれていた読みかけの本を開いて読み始めていた。ちらっとだけこちらに視線を向けるとまた下を向いてしまった。

俺も彼女に倣《なら》って席に着いて本を開く。読み始めた最初こそ目の前に美少女がいることに注意が逸れて集中できなかったが、すぐに本の面白さにそんなことなど忘れて読み耽《ふけ》った。

相変わらず面白い。よくここまで鮮《あざ》やかなトリックを思いつくものだ。最初の方は伏線《ふくせん》の怒涛《どとう》の回収が見事だったが、最近のはそれに加えてストーリーでの人物の心理描写《びょうしゃ》も凄い。

どの人物も魅力的で思わず入れ込んでしまうし、主人公の名推理には興奮してしまう。こんな素晴《すば》らしい本を毎日読み放題なんて最高だ。今年の冬休みは実に充実《じゅうじつ》した日々になりそうなことに、少しだけ先が楽しみになった。

読んでいた本が終わり、今回もいい話だったと満足しながら顔を上げると、彼女がこちらを見ていることに気づく。

「どうした？」

「……前から思っていましたが、本を読んでいる時本当に楽しそうですよね」

「そうか？　表情は意識したことがなかったが、実際この本は面白いからな」

彼女に指摘《してき》されるということはよほど表情が緩んでいるらしい。かといって緩まないようにしようにも楽しいものは仕方がないし、俺の力ではどうしようもない。

だが、やはりどんな表情をしているのかは気になる。もし気持ち悪いにやけ顔をしていたらさすがに恥ずかし過ぎる。

「……なぁ、本読んでいる時の俺ってどんな感じなんだ？」

「どう、と言われても言葉にするのは難しいですね……」

んー、と唸《うな》って考え込むように腕《うで》を組む。やはりこういうのは雰囲気など言葉にならないものなので、説明は難しいのかもしれない。

「でも……とても楽しそうで、読んでいる時のあなたは魅力的でいいと思いますよ？　だから気にする必要はないと思います」

俺が聞いた理由を察した彼女は、ほんのりと微笑《ほほえ》む。ふわりと包み込むような穏やかな笑《え》み。温かく柔《やわ》らかい笑みはあどけなさがあって、一瞬《いっしゅん》言葉を失わせるほど魅力的な笑顔《えがお》だった。

「……そ、そうか。次の本を取ってくる」

あまりの可愛さに見惚れてしまった。

俺が変な顔をしていないことを伝えるために褒《ほ》めてくれたのは分かっているが、じんわりと羞恥《しゅうち》が込み上げるのを抑えられない。

頬に熱が籠《こも》るのを誤魔化《ごまか》すように席を立つ。脳裏《のうり》に焼き付いた彼女の優《やさ》しい笑顔を振《ふ》り払《はら》うために頭を振って、本棚へと向かった。

彼女の笑顔が見られたことは嬉《うれ》しいが、どうにも心臓が落ち着かなくなる。

これから先も一緒にいるので、同じようなことが起こるかもしれないことにそっとため息を吐いた。


斎藤の家で過ごすようになって数日が過ぎた。未《いま》だに斎藤の家に入る瞬間《しゅんかん》は緊張してしまうが、それほど二人きりでいることを意識しなくなりつつある。

初めのほうこそ意識することはあれど、本を読み始めれば勝手にそちらに集中がいき、斎藤のことなど頭の片隅《かたすみ》に追いやられる。初めて自分の本好きが役に立った。男の本能に勝る俺の読書欲恐《おそ》るべし。

慣れつつある日常の中、普段《ふだん》通り本を読んでいると、珍しくあくびをする彼女の姿が視界に映った。

「随分眠《ずいぶんねむ》そうだな」

「ええ、少し寝不足《ねぶそく》で」

「何かあったのか？」

俺に散々寝不足にならないよう注意してきた彼女が寝不足になるとは珍しい。

　別に彼女の生活リズムを聞いたことはなかったが、彼女の性格から規則正しい生活をしているだろうと考えていた。

「今読んでいるシリーズものが一番良いところでして、気づいたら夜遅《よるおそ》くまで起きてしまったんです」

　そう説明しながらふわぁあっと手で隠しつつも、小さく口を開けてまたあくびをする。目尻《めじり》に浮《う》かんだ涙を拭《ぬぐ》うように擦《こす》る姿はなんだか小動物的で愛らしい。眠気《ねむけ》のせいもあるのか普段以上に雰囲気に刺《とげ》がなく、少しだけ眠《ねむ》そうにとろんとした口調だった。

「なるほどな。まあ俺みたいに無理はするなよ」

「流石《さすが》にあなたほどのことはしませんよ」

　肩《かた》を窄《すぼ》めて心配するとクスッと小さく笑われる。釣られて俺も苦笑をこぼした。

　そこで会話は止《や》み、またページをめくる音だけが部屋に響《ひび》き渡《わた》り始める。こうして沈黙の中二人でいるという時間が心地《ここち》よく、なんだか無性《むしょう》に心が温かくなった。

　しばらくの間読書に勤《いそ》しんでいたが、物語に一区切りがつき集中が途切《とぎ》れる。伸《の》びをしようとふと顔を上げると、そこには、ゆらゆらと揺《ゆ》れる彼女の姿があった。うたた寝《ね》自体は仕方がないかもしれない。

部屋は暖房《だんぼう》がついていてぽかぽかしている。そこに寝不足が入ってくれば、寝てしまうのも肯《うなず》けた。

瞳《ひとみ》を閉じて、くうくうと小さな呼吸を繰《く》り返しながらうたた寝をしている。やはり美少女というのは寝顔《ねがお》すらも可愛らしい。普段の無表情はそこにはなく、ほんのりと口元を緩ませ安らいでいた。

もう見慣れたが改めて見ると、優《すぐ》れた美貌《びぼう》を持った魅力的な少女なのだと実感する。寝顔はあどけなく、思わず触《ふ》れたくなるような無防備さと愛らしさがある。そんな寝顔で船を漕《こ》ぎ、揺れるたびに彼女の手入れされた綺麗な黒髪《くろかみ》がきらきら煌《きらめ》くので、その寝姿《ねすがた》に目を惹《ひ》かれてしまった。

「……んぅ」

見惚れていると、掠《かす》れた甘い声と共にゆっくりと閉じられていた瞼《まぶた》が開かれる。焦点《しょうてん》がまだ定まらない、ぼんやりとした黒い瞳がこちらを向く。まだ眠りから覚めていないのか、ふやけたような表情にはまだ幼さが残っていて、あどけなさが強い。

瞳がとろんと濡《ぬ》れて揺らいでいる姿は、直視するのが憚られるほど無防備で、つい、と視線を逸らしてしまった。

「ん、んぅ……」

油断しきった、無警戒《むけいかい》さが際立《きわだ》つ表情の彼女《かのじょ》は、眠そうに目を擦っていて、その姿がまた小動物的で可愛らしい。ようやく目が覚めてきたのか、今度ははっきりと瞼を開けると、俺とぱっちりと目が合った。

「え……」

しぱしぱと瞬き、驚きでくりくりとした瞳が大きく見開かれる。

よほど驚いたのだろう。体も気づいた時のままで固まっているので、手が上がったままだ。

少しの間固まっていたが、状況を理解し始めたのか表情はだんだんと羞恥を帯び始める。目線は下をうろうろと彷徨《さまよ》い、たまにちらっとこちらを向くが、俺と目が合うとぱっとまた下を向いてしまう。その様子がまた可愛らしくて見ていられず、こちらまで目を逸らしてしまった。

寝ていたのは向こうなのになんだか見ていたこちらが悪いような気がしてくる。彼女の可愛さにどきどきしたり罪悪感にちくりと胸が傷《いた》んだりと忙《いそが》しいことになりつつ、もう一度彼女を見れば頬を朱に染めたままこちらを見つめていた。

「……寝てませんから」

素っ気なく突《つ》き放《はな》すような羞恥が混じった声でポツリと呟《つぶや》く。

「いや、今……」

「寝てませんっ」

「あ、はい」

どうやらなかったことにしたいらしい。さすがにそれは無理があると思ったが、彼女が語調を強めて言うので、仕方なく納得《なっとく》する。

なかったことにしたいなら平然とすればいいのに、彼女の恥じらいは収まることなく、茜色《あかねいろ》に頬を色付かせてぷるぷると震えているので、また思わず苦笑してしまった。

彼女の恥じらいもひと段落が付いたようで、また読書に戻る。互いに静かに読みふけっていく。だが、斎藤はやはりまだ眠いようで、かくんっと首を振ってうたた寝を繰り返し始めた。

目を開けては閉じて何度も船を漕ぐ。そんなことが何回か続いていたがしだいに眠気に屈《くっ》し始め、とうとう手から本が離《はな》れ、ソファーにもたれかかるようにして眠ってしまった。

「斎藤？」

やはり寝不足だったのが響いているのだろう。俺が動いて物音がしてもぐっすりと眠っていて起きる気配がない。

（おいおい、勘弁《かんべん》してくれよ）

さっきは起きたがこれはもう当分起きないだろう。俺を信頼してくれているから寝たのだろうが、男と二人の状況で眠られると流石に理性が削《けず》られ、思わずため息が出る。もちろん信頼してくれているのは嬉しいが、あくまで俺は男なのだ。彼女からしたら全く無害で安全な人程度の認識《にんしき》なのだろうが、忘れないでもらいたい。

無防備な可愛らしい寝顔を見せたまま全く起きそうにない彼女を、少しだけ恨《うら》めしく眺《なが》めた。

起こすか迷ったが、あれだけ眠そうにしていたのでこのまま寝かせておきたい。ただ部屋は暖かいが身体が冷えてしまうかもしれないので、風邪《かぜ》を引いてしまわないかが心配だ。体調を崩《くず》さないように、気休め程度かもしれないがソファのところに置かれた膝掛《ひざか》けを持ち出して彼女の肩にかける。

「……ん」

華奢《きゃしゃ》な肩に優しく起こさないように掛《か》けると、甘く小さな吐息《といき》が漏《も》れ出した。

ほんのりと扇情的《せんじょうてき》な声にどきりと心臓が鳴り、ぱっと顔を彼女から逸らす。顔に熱が籠《こも》り始めるのを感じながら、滅多《めった》に見られない彼女の寝姿をちらりともう一度見た。

相変わらずの綺麗な髪《かみ》だ。髪はまとめられていないので、艶《なま》めき煌く髪が真《ま》っ直ぐに背中へと流れている。見惚《みと》れるほどに美しい髪はとても指通りが良さそうで、撫でたら気持ちいいだろう。

普段の俺《おれ》だったら毛布をかけるだけで終わっていた。だが、この日は二人きりであるせいで邪《よこしま》な気持ちが浮かんで振り払えなかった。


(少しくらいなら撫でてもいいんじゃないか？)


理性で必死に抑えていたせいで、ここまで随分《ずいぶん》精神的に疲れてしまっている。俺の気持ちなど全く知らないで無防備にぐっすり寝る彼女に少しくらいは仕返しをしてやりたい。

俺の精神的疲労《ひろう》の分くらいは返してもらっても問題ないだろう、そう自分に言い聞かせて彼女の頭にゆっくりと手を伸ばした。

気づかれないようにまずは優しくそっと指先だけ触れさせると、ほんのりと温かな人肌《ひとはだ》の体温が指先から伝わってきた。

そのままゆっくりと手のひら全体を軽く頭に乗せると、ふんわりと香る彼女のフローラルの香り、人のぬくもり、そして髪のさらさらとした感触《かんしょく》が一気に伝わってくる。

「おお……！」

触れた手のひらをそのまま撫でるように動かすと、想像以上の気持ちよさに思わず小さく声が漏れ出る。

一切引っかかることなく指の間をすり抜《ぬ》けていく。撫でることで動かされた髪は揺らめくことで光を煌《きら》めかせ、絹のように柔らかくうねる。美しく変化する髪は見惚れるほどで何度撫《な》でても飽《あ》きそうにない。

最初は少しだけと思っていたがあまりの気持ちよさについ、もう少しだけ、あと少しだけ、と撫で続けてしまう。彼女の耳たぶが茜色に染まり始めていることに全く気づくことなく、ひたすら撫で続け、撫で心地《ごこち》の気持ちよさを堪能《たんのう》し続けた。

カチコチと時計が時間を刻む音だけが耳に届く。半分無心になって撫でていると、時計の音に上擦《うわず》った遠慮《えんりょ》がちな声が混ざった。

「あ、あの……」

「⁉」

瞼を開けて戸惑《とまど》いと羞恥が混じったように見上げてくる。

「お、起きていたのか⁉」

ぱっと手を離すが動揺《どうよう》のあまりつい声が大きくなってしまう。

まさか起きているとは思っていなかった。向かい合って見たときは確かにぐっすり寝ているようだったし、安らかに寝息《ねいき》を立てていた。

恐らく撫でていた時間はほんの数秒程度だろうが、その間に起きたのだろうか？

「えっと……はい」

身体をこちらに向け、羞恥で頬《ほお》を薔薇《ばら》色《いろ》に染めながら見つめてくる。

やはりとても恥ずかしいらしく、少しだけ俯《うつむ》き伏《ふ》し目《め》がちに見てくるので図《はか》らずも上目《うわめ》遣《づか》いとなり、それがまた可愛らしい。あまりの可愛さに心臓がどきりと鳴る。

「一体いつから……」

「この膝掛けの毛布をかけてくれたときに目が覚めて、そ、その……撫でてもらったときには完全に起きてました」

まさか、最初から完全に目覚めていたとは。

それはつまり俺が変な声を漏らしながら撫でているところも全部知っていることになる。

身悶《みもだ》えするほどの羞恥心《しゅうちしん》に頬が熱くなるのを感じるが、それよりも先に言わなければならないことがある。

「えっと……その……勝手に撫でてごめん」

「い、いえ……。撫でられたのは別に嫌ではなかったので……」

「は？」

まさかの返答に思わず変な声で聞き返してしまう。勝手に撫でたことを責められることはあっても、まさか許されるとは思っていなかった。

「だ、だから別に嫌ではなかったと言ったんです」

恥ずかしいことを言っている自覚はあるらしく、二度言わせられたことに頬をさらに朱《しゅ》に染める。そのままこちらを見つめ続けることに耐《た》えきれなかったらしく、視線を控えめに下げた。

「お、おう、そうか。でも勝手に撫でたことには変わりないしな……」

彼女が許してくれるならありがたいが、何もしないで許されるのは自分の罪悪感的に気になる。ちらっと引っかかるものを感じて言い淀《よど》むと、彼女は交換《こうかん》条件としてあることを要求してきた。

「じゃ、じゃあ、あなたの頭も撫でさせて下さい。それでちゃらにします」

「いいけど……そんなのでいいのか？」

「私が良いと言ったらいいんです」

「そうか」

頬を赤くしながらも、真剣《しんけん》そうに見つめてくるので承諾する。

男の頭を撫でる程度で許してくれるなら、それはそれで別に構わない。むしろこんな美少女に撫でられるのはこっちのご褒美《ほうび》にしかなっていない気がするが、彼女がそれで良いと言うならこちらが気にする必要はないだろう。

「じゃあ、触《さわ》りますね……」

「あ、ああ」

緊張《きんちょう》して上擦った声とともに彼女の細く白い手がゆっくりと近づいてくる。柔らかい指先が頭に触れたかと思えば、さわさわと優しく撫でられ始めた。

彼女の体温が触れている手のひらからほんのりと伝わってくる。優しく大切なものを扱《あつか》うように撫でられ、妙にくすぐったい。

さらには撫でるということは必然的に身体が近くなるので、そのせいで普段以上に匂う彼女の甘い香りに頬が熱くなる。羞恥心に駆られ耐えきれず、つい急《せ》かすように尋《たず》ねてしまった。

「な、なあ、まだ撫でるのか？」

「も、もう少しだけ……」

「……はいよ」

ちらりと様子を窺《うかが》うと、彼女はほんのりと口元を緩め柔らかい穏やかな表情を浮かべている。へにゃりと目を細め幸せそうに撫でているのを見ると、止める気はなくなってしまう。

結局、彼女が満足するまで大人しく撫でられ続けた。

斎藤の家に通い始めてから一週間ほどが経《た》った。流石に頭を撫でたのはやりすぎたと反省している。普段の俺なら多少そういう気持ちが湧いたとしても実行はしなかっただろう。これだから二人きりというのは恐ろしい。あれからはしっかりと自制心を保って斎藤と接している。

斎藤も撫でられた次の日は多少よそよそしかったが、その後は普段通りの態度に戻った。互いにあの日のことにはあれから触れていない。触らぬ神にたたりなし、だ。

流石に一週間も通えば慣れてくるもので、躊躇《ためら》うことなく彼女の家の呼《よ》び鈴《りん》を鳴らす。最初は慣れなかったが、何回も通えば慣れてくるもので今ではそこまで緊張することはない。

「はい、どうぞ、入ってください」

ガチャッと音を立てて玄関の扉が開くと、中から斎藤が姿を現した。

今日は白のゆるゆるのパーカーに黒のスキニーのズボン。彼女は緩い服を好むらしいことは、ここ最近の彼女の格好から察した。

リビングに入って机の上に背負ってきたリュックを置く。いつものように借りていた本を取り出そうとリュックを漁《あさ》っていると、中に入っていたトランプが落ちてしまった。

「あっ」

地面に落ちたトランプは一瞬で斎藤の家の床《ゆか》中に広がった。

「大丈夫《だいじょうぶ》ですか？」

さっと屈《かが》んで、落ちて広がったトランプを拾うのを手伝ってくれる。自分も慌《あわ》てて拾おうと一枚のトランプに手を伸ばすと、たまたま彼女も同じカードを拾おうとしたのか、その手を掴《つか》んでしまった。

彼女の細くしっとりとした柔らかい手の感触が自分の手のひらに伝わる。体温が低いのか、ほんの少しだけひんやりしていた。

「わ、悪い」

慌てて手を離してパッと距離を置くと、彼女もいそいそと屈んでいた身体を起こして、掴まれた手を包み込むようにした。

「い、いいえ。こちらこそすみません」

一瞬ちらっとだけこちらに視線を向けると、すぐに横を向いてしまう。

うっすらと頬が色づき始めたのを見て、やってしまったと後悔《こうかい》が襲《おそ》ってくる。

彼女はあまり接触《せっしょく》が好きではない。そんな彼女の手を握《にぎ》ってしまうというのは不快かもしれない。

「ほんとにすまん」

「そんなに謝《あやま》らないで下さい。べ、別に平気です」

「嫌《いや》じゃないのか？」

「い、嫌ではないです。びっくりしただけなので……」

「なら、いいけど」

どうやら触れてしまったことに嫌悪感《けんお》は抱《いだ》いてはいなかったらしい。嫌《きら》われていないことに心の中でほっと安堵《あんど》しながら、残りの散らばったカードを拾い集める。彼女も手伝おうと屈んで一枚、一枚と拾い集め、そして渡してくれた。

「はい、どうぞ。それにしてもトランプなんてどうしたんですか？」

「昨日、この本読んでたらトランプを使ったマジックをするシーンが出てきてかっこよくてさ。俺もやりたくなって買ったんだよ。……全然出来なかったけど」

昨日一日では何も出来なかったので、見栄《みえ》を張ることも出来ず、最後にポツリと零す。

「マジックはそう簡単じゃないらしいですからね」

「まあな。……遊ぶか?」

「はい?」

俺が手に持つトランプを興味深そうに見ているので、なんとなく提案してみる。唐突《とうとつ》な提案に、彼女は目をぱちりと瞬かせていた。

言ってみてから思ったが、もともと本を読むためにここに来ているのであって戯《たわむ》れるためではない。この部屋に入れてもらっているのは、もちろん本のためだ。彼女も本を読みたいだろうしこんな関係ないことをする意味がない。

おそらく断られるだろう、そう思い提案を撤回《てっかい》するか迷い始めた時、

「……じゃあ、してみたいです」

おずおずと彼女から案外乗り気な返事が返ってきた。

ほんの少し目を輝かせ、声にも嬉しさが混ざっていることからも、楽しみにしていることが伝わってくる。

意外な返事に彼女を見返せば、「あまりしたことがないので……」と小さく理由を説明された。

「お、おう」

彼女が希望するならやらない理由もないので、早速《さっそく》トランプの箱からカードを取り出す。

「あ、私ババ抜きしか知らないです」

「じゃあ、まずはババ抜きな」

二人でババ抜きはどうなんだ、と思わなくはなかったが、彼女は楽しそうに待っているのでさっさとカードを配る。

ほんのりと表情を緩めた姿から、少しテンションが上がっていることが伝わってくる。

なんだか妙に気恥《きは》ずかしいというかくすぐったい。

まあ、ただトランプが久しぶりだから楽しみなだけで、自分と二人で遊ぶからではないだろう。ほんのりと微笑んで配られるカードを見つめている彼女を見ながら、苦笑《くしょう》を零した。

ゲームを始めれば当然の如く、ババ以外は引くたびに揃《そろ》い、一組、また一組と減っていく。結果最後には彼女の手に二枚、俺の手に一枚だけ残った。

「さあ、どちらでしょう?」

少しだけ挑戦的《ちょうせんてき》な口調でからかうようにそして楽しげに話しかけてくる。右手と左手それぞれに一枚ずつ持ち、取りやすいように見せてきた。

普段彼女《ふだんかのじょ》は無表情なので意味があるかは分からないが、一応ババ抜きではよくやる手段で彼女の様子を窺うことにした。

まずは自分から見て右手にあるカードに指をかけて彼女の表情を見つめる。指をかけた瞬間、彼女の口元が緩み嬉しそうなのが伝わってきた。フェイントの可能性もあるので、今度は左手のカードに指をかける。今度はあからさまに眉《まゆ》をへにゃりと下げて落ち込むのが分かる。

右手に指をかければ顔がパァッと輝き、左手に指をかければしょぼんと肩を落とした。


(なんだこれ、可愛《かわい》いな)


笑った顔は魅力的だと思っていたが、表情がころころと変わるのは、それ以上に妙に可愛らしい。

普段は無表情で滅多に表情が変わらないから、余計に可愛く見えるのだろう。今時、小学生でももう少しポーカーフェイスは上手なのに。

バレバレな彼女の態度が面白《おもしろ》く、つい笑いが零れてしまった。

「なんですか?」

彼女は自分の表情が変わっていることに気づかないらしく、不思議そうに見つめてきた。

きょとんとくりくりした二重《ふたえ》の瞳と目が合う。

「いや、なんでもない」

もう少しだけこの表情を目に収めておきたかった。彼女のそんな変わる表情を見ていたくて、誤魔化しながら左手のカードを引いた。

「……負けてしまいました。も、もう一回お願いします。今度は負けません」

カードを引かれた瞬間、しょんぼりと落ち込み少し悔《くや》しそうにむくれる。口をきゅっと窄《すぼ》めて悔しがる姿は、また新鮮《しんせん》で可愛らしい。

頬を膨《ふく》らませて少しだけ睨むように見てくるが、まったく怖《こわ》くなく、むしろ小動物的で無性に撫《な》で回したくなる。もちろんそんなことが出来るわけはないが。

負《ま》けず嫌《ぎら》いを発揮した彼女はもう一回と急かしてくるのでまた始める。

この後三回ほどやったが全部勝ったのは言うまでもない。

◆◆◆

斎藤とババ抜きをして容赦《ようしゃ》なく勝利した日の夜、バイトのシフトが入っていたので勤務していた。仕事自体には集中出来ていたが、ババ抜きをしている時のあのころころ変わる彼女の表情が忘れられず、ふとした時に思い出してしまう。

「なんだか今日は嬉しそうですね」

バイトが終わり片付けている時、久しぶりにシフトが被《かぶ》った柊《ひいらぎ》さんが話しかけてきた。

プレゼントについて相談したあの日から少しだけ柊さんとの間にあった壁《かべ》が薄《うす》くなった気がする。あの日からちょくちょく日常会話程度のことは話すようになっていた。

「そうですか？」

「はい、時々少しだけにやけていましたよ？」

まさか、自分の表情が緩《ゆる》んでいたとは。

彼女のころころ変わる表情が面白くて思い出し笑いをしていたからだろう。にやけ笑いを見られていたことにほんの少し羞恥がこみ上げてくる。恥《は》ずかしさを誤魔化すように苦笑を零す。

「実は今日、面白いことがありまして、そのことを思い出していたからだと思います」

「何があったんですか？」

なぜか少し不思議そうに首を傾《かし》げる柊さん。レンズの奥の瞳がきょとんと丸くなっている。前の彼女だったら適当に会話を流されていただろうが、最近は話を広げてくれるようになった。なんだか少し仲良くなれた気がして嬉しくなる。

「前に話した彼女とババ抜きをしたんです」

俺の言葉にピクッと身体を震わせて反応する。

「……そうですか。でもババ抜きで笑うような面白いところはないと思うのですが」

あまり納得していないらしく、まだ首を傾げたまま。確かに普通《ふつう》にババ抜きをしている場合には笑うようなところはないだろう。

「普通ならそうなんですけどね。彼女の表情がころころ変わるんですよ」

「表情？」

「はい、表情です。最後に二択《たく》になった時にカードを選ぶじゃないですか？　あの時にジョーカーの方を引こうとすると凄《すご》い嬉しそうにするんですよ。そして逆側のカードを引こうとすると今度はシュンって落ち込むんです」

「だからですか……」

ハッと何か気づいたように驚《おどろ》く。小さく聞き取れないような声で何かを囁《ささや》いた。

「どうかしましたか？」

「いえ、なんでもないです。それが面白いんですか？」

「そうですね。元々彼女はあまり表情が変わらない人なので、かなり新鮮だったんです。それにあのすぐ表情が変わる感じが可愛くてですね……」

「か、可愛い……？」

　どこか上擦った小さな声を上げる柊さん。ほんのりと頬が色づき、ビクッとびっくりしたように身体を震わせた。

「はい、とても可愛いですよ。見ていて癒《いや》されますし。それにあんなに表情が変わる姿を見せてくれているってのはそれだけ信頼《しんらい》されているんだなって感じるので嬉しいんです」

「そ、そうですか……。まあ、確かにそうやって他の人に見せていない面を見せているということは信頼しているからだとは思いますよ？」

　顔を隠《かく》すように俯いて小さく言葉を零《こぼ》す。俯いてしまったせいで柊さんの表情はよく見えなかったが、声は優しくどこか温かな感じがする。

「そうですね。だから、そうやって信頼してもらえて色んな表情を見られて楽しかったのでにやけてしまったんです」

「なるほど……」

　思い出し笑いをしていた理由を話すと、やっと納得したらしく感嘆《かんたん》の声を出して頷《うなず》いた。

　納得したようなのでこれ以上話す理由はないのだが、まだ語り足りない気がしてつい話を続けてしまう。

「あのぱぁって目を輝《かがや》かせて嬉しそうなときが一番可愛いんですよね。心がそのまま素直《すなお》

ガー
ン。
田中

に表されていることが伝わってくるので、とても魅力的《みりょくてき》な笑顔なんです。あの表情は、今思い出すだけでも癒されます」

「も、もう、大丈夫です！　分かりましたから……」

「そうですか？」

彼女の魅力《みりょく》を伝えたくてさらに語ろうとすると、慌てたように止められてしまった。

確かに彼女からしたら知らない人の話だから興味は薄いだろうし、つまらなかったかもしれない。あまり斎藤のことを誰《だれ》かに話すことがないので、どうしても饒舌《じょうぜつ》になってしまう。気を付けないとな。つい語りすぎてしまったことに少し後悔しながら、小さく俯いて耳が赤くなった柊さんを眺めていると、舞《まい》さんが割り込んできた。

「あ、先輩《せんぱい》二人してまた相談でもしているんですか？」

亜麻色《あまいろ》の縛った髪を揺らし、快活な声と共にぱっちりとした瞳をこちらに向けてくる。

「あ、すみません。この前、舞ちゃんに聞かれたときに少し話してしまいました。少し妙な勘違《かんちが》いをされていたもので」

「勘違い？」

気になる言葉に首を傾げると、柊さんはほんの少し頬を染めて言いにくそうに口をもにょもにょとさせる。その様子に舞さんが代わって説明してくれた。

「柊先輩《せんぱい》ってあまり他人と仲良くしないんですけど、田中《たなか》先輩が相手だとかなり親し気に話しているじゃないですか？　だから、てっきり柊先輩が田中先輩に恋《こい》をしているからだと思っていたんですよね」

「ああ、そういうことですか。違《ちが》いますよ。俺の話を聞いてもらっているだけです」

「はい、私もそう柊先輩からも説明されて、だから二人が相談していることを知ったんです」

舞さんはえへへ、と少し困ったように笑いながら右手で後頭部を擦っている。

「なるほど、そういうことでしたか。勘違いが解けたなら良かったです。勘違いされたままだったら、柊さんに迷惑《めいわく》をかけてしまいますから。最近仲の良い男子が出来たみたいですし」

「あ、もしかして柊先輩の好きな人を知っている感じですか？」

「話で何度かは。その人の話をするときの柊さんの様子、普段と違いますよね」

舞さんが瞳を輝かせて、俺の意見に同意するようにぐいっと顔を近づけてくる。

「田中先輩！　よく分かっているじゃないですか。やっぱり、柊先輩が好きな人の話をするとき普段と全然雰囲気《ふんいき》が違いますよね！」

「えっと、そうですね。普段の冷たい雰囲気よりも柔らかい雰囲気と言いますかそんな感じにはなってますね」

「あ、そのぐらいなんですか。私と話しているときの柊先輩はもっとすごかったですよ？」

「もっと？」

どんな様子なのかつい気になってしまう。舞さんがそこまで言うほど変わるなんて想像がつかない。

「そりゃあ、もう超《ちょう》かわいいんですよ。顔真っ赤にして、好きな人のこと語ってましたし」

「え、そんなに私の顔赤かったんですか？」

柊さんも自分の様子を知らなかったようで、頬を薄く朱に染めながら目を丸くしている。

「もう、ザ、恋する乙女《おとめ》って感じの表情でしたよ。しかも『口が悪いけど優しい』とか『大好きなものを見たときの反応が子供みたいで可愛い』とか言って凄い惚気《のろけ》ていたんですから」

「ちょ、ちょっと、舞ちゃん!? ス、ストップ！」

顔を真っ赤にし、焦《あせ》ったように舞さんの口をふさぐ柊さん。ここまで慌てる柊さんは珍《めずら》しい。柊さんは、舞さんの口を片手で押さえたまま、ちらりとこちらに視線を向けてくる。耳たぶまで真っ赤にして、余程《よほど》恥ずかしいのだろう。

「い、今の聞いてました？」

「えっと……はい」

誤魔化すか迷いつつも正直に答える。流石にあそこまで聞いていて、聞こえてないは無理があった。気まずいながらも頷けば、羞恥《しゅうち》を誤魔化すように睨《にら》んできた。

「忘れてください。いいですね？　田中さんは何も聞いていません」

「わ、分かりました」

キッと鋭《するど》く睨まれれば、俺は了承《りょうしょう》するしかない。勢いよくこくこくと頷く。その様子を見て、今度は舞さんの方に向きなおる。

「な、なんであんなに話しちゃったんですか」

「だ、だってあのときの柊先輩が可愛かったんですもん。知ってる田中先輩くらいならいいじゃないですか」

「他の人ならまだしも、た、田中さんだけはだめです」

強い口調で否定されて流石に少し落ち込む。これでも多少は気を許してくれていると思っていたんだが、そんなに信頼ないのだろうか？　ショックで本音が漏れ出てしまう。

「えっと、俺って、そんなに信用ありません？」

「え？　あ、いえ、そんなことはないですよ。田中さんは信頼できる人だと思っています」

柊さんはわたわたと動揺しながらも確かな口調でそう言ってくれる。その言葉に嘘《うそ》はないように思えた。傷ついた心が少しだけ癒されていると、舞さんがすかさず口をはさんでくる。

「確かに、私が勝手に話したのはすみませんでした。でも、私にも考えがあったんです」

「考えですか？」

「はい。聞いた感じだと、柊先輩は基本的に田中先輩の相談にのっているんですよね」

「大体そうですね」

こくりと頷く柊さんに俺も同意して首を縦に振《ふ》る。

「せっかくの相談相手なんですから、柊先輩も相談した方がいいと思うんです。男子側の意見というのはなかなか聞けませんよ？」

「そ、それはそうですけど」

なぜか柊さんはこっちをちらっと見て、また舞さんの方を向いてしまう。

「私も相談にのりますけどやっぱり、男子の意見は聞いた方がためになると思いますよ？ほら、田中先輩とか特に女性慣れしていそうですし」

「いや、俺は慣れてないよ」

「そうなんですか？　意外です」

舞さんは目をくりくりとさせて固まる。やはりこの見た目だとそういう勘違いは受けやすいらしい。

「と、とにかく田中さんに相談してみた方が上手《うま》くいくと思います。本人相手では聞きにくいことでも、赤の他人になら聞きやすいでしょう？」

どうやら舞さんは俺にも柊さんの力になってほしいらしい。そのためにこれまでの会話をしてきたという感じか。少し強引《ごういん》な気もするが、それだけ柊さんのことを大事に思ってくれているのだろう。

「確かに、俺だって本人には聞きにくいから柊さんに相談しているわけですし、赤の他人の俺でいいならいつでも相談にのりますよ」

普段《ふだん》こちらの話ばかり聞いてもらっているので、こういうときくらいは日頃《ひごろ》の恩を返しておきたい。真っすぐに柊さんのことを見れば、柊さんは迷うように瞳を揺《ゆ》らす。口を開けてなにかを言いかけては言葉にならず、閉ざしてしまう。そんなことを二、三度繰《く》り返し、観念したように声を上げた。

「わ、分かりました。その、本当に助けてほしいときはお願いしますので、そのときはよろしくお願いします」

「いいですよ」

何か言いたげではあったが頭を下げてきたので、快く了承する。

「おお！　どうしてそこまで躊躇ったのかは分かりませんが、これで田中先輩も恋バナ仲間ですね」

「舞ちゃん？　舞ちゃんが私のためにわざわざやってくれたのは分かるけれど、勝手に私の気持ちを田中さんに伝えるのはやめてください」

「えー、惚気ているときの柊さん、とても可愛いのでまた自慢《じまん》しちゃいそうです」

「ちょっと、舞ちゃん⁉」

舞さんがそこまで言うのなら、相当惚気るときの柊さんは可愛らしいのだろう。舞さんの様子に、これはまた俺に教えてきそうだなと予感した。

第五章 学校一の美少女のしおり

冬も深まりますます寒くなってきた。空は曇天《どんてん》の空に覆《おお》われて、雨というよりは雪が降りそうなほどに冷え込んでいる。吹《ふ》く風は刺《さ》すように冷たく、斎藤《さいとう》の家に来るまでに何度身震いをしたことか。

だが、そんな外の様子とは打って変わって、斎藤の家の中はぽかぽかと暖かい。着込んできた上着はハンガーにかけ、薄い長そでのみで読書に耽《ふけ》る。穏《おだ》やかで優《やさ》しい時間に身を任せ、本の世界にのめり込んでいた。

物語も一区切りがつき、斎藤が淹《い》れてくれたお茶に手を伸《の》ばす。すでにお茶は熱さが抜けてぬるくなっていたが、おなかの辺りをじんわりと温かくした。そっと、斎藤に視線を向ければ、なぜか斎藤もこちらを見ていた。

「どうした？」

「あ、いえ、その……」

ぱちりと目が合うと、慌ただしく綺麗《きれい》な瞳《ひとみ》を揺らして、最後には手元の開いた本に視線を落とす。だがまたゆっくりとこちらを窺《うかが》うように上目遣いに視線を戻《もど》した。

「ずっと私が貸している本のシリーズを読んでいるみたいですが、他の本は読まないんですか？」

「一応、家では読んでいるよ。積読《つんどく》の本が溜《た》まっているしな」

「なるほど。そういうことでしたか。ちなみにどれくらいですか？」

「……大体五十冊くらい」

「え？」

目をぱちくりとさせて固まる斎藤。よほど驚いているらしい。まあ、その反応は予想できた。俺も自分で積み過ぎと思っているし。

「聞け。分かる。お前の言いたいことは分かる。積み過ぎだと言いたいんだろ？　俺も分かってるんだ。だが、これにはやむを得ない事情があってだな」

「なんですか、その事情って」

「長期休みだからって本を十冊借りていいと言われたら、普通十冊分全部借りるだろ？」

「借りませんよ。自分が読みたい本だけ、その分を借ります」

「……で、さらにだ」

斎藤の意見は聞こえなかったことにした。

「長期休みは本を一気に読める期間だから、新しい本に手を出したくなってだな。つい衝《しょう》動《どう》買《が》いを二十冊ほど――」

「どう考えてもあなたが原因じゃないですか。せめて借りた分を読み終えてからにしましょうよ」

正論で殴《なぐ》られた。暴力反対。

「分かってはいるんだが、どうしても抑えられなかったんだ」

「まったく、買うのはあなたの勝手ですけど、寝《ね》不《ぶ》足《そく》だけは気をつけてくださいね」

「はいよ」

呆《あき》れ半分、心配半分といった感じで零された言葉には素直に頷く。口を酸《す》っぱくして何度も言われているおかげか、流石《さすが》に体調には気を遣《つか》うようになった。

「でも、それだけのペースで買っているのに、五十冊ということは、本当に読むの早いんですね」

「流石にここまで積んだのは初めてだけどな。まあ、できるだけ積読の本が減るようには意識しているよ」

「そうなんですか。最近、私も積読の本が何冊かあるんですよね」

「なんだ、斎藤も仲間か」

「え、それはちょっと、嫌です。こんな本バカの人と一緒《いっしょ》なんて」

やはり本好き同士。抱《かか》える問題も似ていると思ったら、斎藤はドン引きしたように体を後ろへと退いた。ちょっと酷くないですかね？

コホンと咳《せき》ばらいをして場の空気を仕切りなおす。

「……まあ、ともかく、そういう時はいい方法があるぞ」

「え、そんな方法があるんですか？　ぜひ教えてください」

やはり積読で困っていたようで、関心を瞳に滲《にじ》ませる。少しだけ顔をこちらに近づけてきた。

「まずは、本を買う頻度《ひんど》を高めるんだ」

「はい？　それでは積読の本が増えるだけですよ？」

きょとんと目を丸くして首を傾げる斎藤。それから訝《いぶか》しむように目を細める。その反応はもっともで、やはり俺《おれ》の考えに気づいていないらしい。つい得意げに鼻で笑ってしまう。

「ふっ、積読の本が増えれば、早く読まなきゃ、となるだろ？　つまり読むスピードが向上する」

「バカなんですか、あなたは」

俺の案をすかさず一蹴《いっしゅう》し、冷めた視線をこちらに向けてくる。そのままはぁっとため息を吐いて黙ってしまった。呆れてものも言えない、まさにそれを体現していた。おかしい、完ぺきなアイデアだと思ったんだが。

もう少し反論したかったが、想像以上の冷たい視線に口を閉ざす。

「もういいです。あなたほど沢山《たくさん》の本を積んでいるわけではありませんし、普通に読んでいれば無くなりますから。まったく、あなたがまともな考えを出すことに期待した私がバカでした」

「おい、ちゃんと考えて提案したんだぞ」

「本に関することですと、本当にダメですね。他のところはあんなに頼《たよ》りになるのに」

なんとか俺の評価を改めようとするが、斎藤はずっと俺に残念な人を見る目以外は向けてくれなかった。

もう一度ため息を吐いたところで、「あっ」と両手を合わせる。

「そういえば、ケーキを買ったんでした。ちょうどいい時間ですし、休憩《きゅうけい》しましょうか」

立ち上がり、キッチンの方へと歩いていく。そして冷蔵庫から白い箱を取り出して戻ってきた。白い綺麗な指先で丁寧《ていねい》に箱を開けて中から、二種類のケーキを取り出して並べた。

「どうしたんだ、このケーキ？」

机の上にちょこんと置かれた二種類のケーキ。

一つは表面が抹茶《まっちゃ》クリームで覆われチョコソースがかけられたケーキで、もう一つは赤いベリー系のチョコで表面がコーティングされ上に苺《いちご》が載っているケーキ。

普段、飲み物と一緒にお菓子《かし》が出てくることはあったものの、ケーキは出てきたことがなかった。何か特別な日なのだろうか？

「一応、今日はクリスマスイヴなので」

「ああ、なるほど」

まったく意識していなかったが言われて思い出す。

世間的には今日は二十四日でクリスマスイヴと言われ、カップルや男女が精を出す日だ。本に夢中ですっかり忘れていたが、人によってはかなり特別な日であることに違いない。

「なんか悪いな。そんな大事な日に俺なんかと一緒で」

「いえ、別に。このケーキも特別な日だからという建前で食べたかっただけなので」

最近こそ多少は心を許してくれたようだが、こうもはっきりとした態度を取られれば好かれているなんて勘違いは出来るはずもない。

俺のことを男としてまったく意識していなさそうな態度に思わず苦笑を零す。

「貰《もら》っていいのか？」

「はい、お金が気になるならクリスマスプレゼントとでも思って下さい」

ケーキはそれなりに高価なものなので、タダで貰うのは引っかかる。そのことを察したのかフォローされてしまった。

「ん、じゃあお前が選ばなかった方を貰うよ」

「いいのですか？」

「もともとお前が買ってきてくれたんだ。さすがにそのぐらいはな」

「ありがとうございます」

ぱぁっと顔を輝かせて楽しげにどちらのケーキにするか悩《なや》み始めた。

やはり彼女《かのじょ》の好みで選んできたものなのでどちらも魅力的らしく、んー、と小さく唸《うな》りながら二つを見比べている。

抹茶のケーキを見ては苺のケーキを見て、忙《いそが》しそうに目線が移動する。

しばらく悩んでいたが「決めました」と言って抹茶のケーキを手に取った。

「じゃあ、いただきます」

「ん、いただきます」

手を合わせ食事の挨拶《あいさつ》をすると、慎重《しんちょう》な手つきでケーキをフォークで一口大に切って口に運ぶ。

ケーキを口に入れた瞬間《しゅんかん》、彼女は目を丸くして、それからほのかに表情を緩める。

ふんわりと柔《やわ》らかく微笑《ほほえ》み、幸せそうに目をへにゃりと細めた。

「……どうかしましたか？」

「相変わらず美味《おい》しそうに食べるなと思ってな」

あの日以降、斎藤は俺に笑《え》みを見せてくれることが増えた。幸せそうな笑みは俺が取り戻したかったもので、頑張《がんば》って良かった。

普段の無表情とは比べものにならない柔らかな表情は、誰も知らない俺だけが知るもののな気がして少しくすぐったい。

慣れてきたものの、やはり斎藤の笑顔《えがお》は魅力的で何回見ても目を惹《ひ》かれてしまう。

「それは勿論《もちろん》です。だって美味しいですし。……一口食べますか？」

「は？」

つい見惚《みと》れる俺に、彼女は一口ケーキをすくって差し出してきた。

俗《ぞく》に言うあーんというやつで、思わず固まってしまう。予想外の彼女の行動に動揺《どうよう》を隠せない。

何を考えているんだ、という意思を乗せて彼女を見れば、特に何も意識している素振《そぶ》りはない。平然とフォークにケーキを乗せて差し出している。

彼女からすれば、ただ抹茶ケーキの美味しさを共有したいだけなのだろう。異性の、それも美少女に食べさせてもらうなんて経験はとんでもない幸運なのかもしれないが、男としての欲よりも羞恥心《しゅうちしん》が上回った。

「いや……あーんは流石にな……」

こみ上げてくる恥ずかしさにたじたじになりながらなんとかそれだけ伝える。

普段は異性として思わないようにしているとはいえ、さすがにあーんは意識せざるを得ない。

俺の言葉を聞いた彼女は自分がしていたことに気づいたらしく、視線をうろうろと彷徨《さまよ》わせて頬《ほお》を薔薇色《ばらいろ》に色付かせた。

「わ、私、別にそんなつもりでは……」

いそいそと差し出していたフォークを引っ込め皿に置くと、小さく俯《うつむ》いてしまう。ちらりと上目遣《うわめづか》いにこっちを見たかと思えば、また目線を下げた。

今日も髪《かみ》を縛《しば》っているせいでうなじまで真っ赤になっているのが目に映った。

信頼している人物だと思ってくれているからこんなことをしたのだろう。多少の親しみを感じて友人として接してくれていたからこその悩みか。

「分かってるから。ありがたく、ケーキは一口貰うな」

信用してくれるのはありがたいが、無自覚のままあんなことをされてはたまったものではない。

一応男なのだ。そのことを忘れてもらっては困る。耳まで茜色《あかねいろ》になった彼女を見て小さくため息を吐きながら、斎藤の皿から一口貰った。

その後、最初こそ小さく俯いていたものの、次第《しだい》に動き出してケーキを食べ始めた。何度か恥ずかし気《げ》にこちらに視線を送ってきたが、無言はケーキを食べ終わるまで続く。綺麗に皿を空けると、フォークを置いた。

「先ほどは失礼しました」

「いや、まあ、うん。これから気をつけてくれればいいよ」

「はい。そうします。ケーキのほうは口に合いましたか？」

「もちろん、美味しかった。どこのお店のなんだ？」

「駅前にある――」

「ああ、あのいつも行列が出来ているところのか。そんな貴重なやつを貰って悪いな」

「いえ、気にしないでください。さっきも言いましたけど、私が食べたかっただけですので」

淡々《たんたん》と語る斎藤に気を遣った様子はない。やはり本音なのだろう。彼女はかなりの甘党《あまとう》な節があるし。ただ、それでもただ貰って終わりというのは気が引ける。

「なにか欲しいのとかないか？　やっぱり貰いっぱなしというのはどうにもな」

「本当に大丈夫《だいじょうぶ》です。あなたに貰ったものがまた壊《こわ》れてしまったら申し訳ないので」

そう言って、斎藤は少しだけ悲しそうに笑った。揺れる声に心が痛み、思わず息をのむ。

「どんなものでもいつかは壊れるのは分かっているんですけど、もう大事なものは作りたくないんです。失われたものはもう元には戻らないですから」

それは悲しいながらも、どこか覚悟《かくご》を孕《はら》んでいるようにも見えた。諦《あきら》め、捨てて、非情な現実だけを見つめるその瞳は綺麗で、でも見ていて辛《つら》かった。

「……しおりのことか？」

「そうですね。他にも色々ありましたけど」

薄く微笑む斎藤を見ながら、自分の愚《おろ》かさを呪《のろ》った。斎藤の周りの環境《かんきょう》を変えれば、もう傷つくことはないと思っていた。

それはある意味正しい。確かに、もう斎藤が学校で悪意に傷つくことはないだろう。だが、既《すで》に受けた傷はそのままだ。それは癒《い》えないものとしていつまでも残る。一度傷ついてしまえば元には戻らないから。

そんなことに気づいていなかった。これ以上斎藤が傷つかないようにすることに必死で忘れていた。彼女が笑顔を取り戻したとしても、内側にはまだ傷がついている。その現実を突《つ》きつけられた気がした。

「ありがとな。そこまでしおりを大事にしてくれて」

「いえ、別に」

「割れた破片《はへん》たちはその箱だよな？」

「はい、どうしても捨てられなくて、箱に入れて取ってあります」

壊れてもなお、大事そうに箱を見つめる斎藤。気に入ってくれているのは嬉《うれ》しいが、その優しく目を細めて眺《なが》める姿は、見ていて苦しい。

なにかできることはないか、模索《もさく》してふとある可能性を思いつく。クリスマスプレゼントにもならないが、ほんのわずかな希望。あって欲しいくらいの願いだが、可能性はゼロではない。自分では修理することはできないので直すのは諦めていたが、店なら可能ではないだろうか？

「……もしかしたら、買ったところで修理してもらえるかもしれないが、行くか？」

「え？　……ぜ、ぜひ！　行きます！　行きたいです！」

目をぱちくりとさせて固まった後、ぱぁっと瞳を輝かせる。らしくないほど声を上げて、机越《ご》しに身を乗り出してきた。斎藤の綺麗な顔が想像以上に近くに寄り、思わず身を引く。

「お、おう。ただ、あんまり期待するなよ？　特殊《とくしゅ》な奴《やつ》だし、やっていない可能性の方が高いから」

「はい、分かっています。確かめるだけですから」

斎藤の表情は期待に満ちていて、悲しそうなさっきまでの陰《かげ》りはない。なにか返すものとして急ごしらえに考えたが、提案した甲斐《かい》はあった。早速《さっそく》とばかりに出かける用意を始めた。


クリスマスイヴということでショッピングモールは、多くの人で賑《にぎ》わっていた。男女二人組が普段以上に多く目立ち、やはりクリスマスというのはカップル向けの日だと実感する。着飾《きかざ》った男女が楽しそうにすれ違っていく。

ここまで来て思ったが、これは俺からお出かけに誘《さそ》ったことになるのではないだろうか？　わざわざこんな日に誘うなんて変な誤解をされたかもしれないと隣《となり》を見るが、斎藤は特に気にした様子はなかった。頭の中はしおりのことでいっぱいなのだろう。

「早く行きましょう。どこで買ったんですが？」

「二階のアクセサリーショップだったのは覚えてる」

「分かりました」

斎藤はどこか真剣《しんけん》な表情のままエスカレーターの方へと歩きだす。その肩《かた》には手提袋《てさげぶくろ》がかけてあり、その中にしおりを入れた箱が入っている。その手提袋を大事そうに片手で抱えていた。

二階でエスカレーターを降りる。二階も多くの人でごった返していて、歩きにくい。次々人とすれ違い、上手く避《さ》けながら人混《ひとご》みの間を縫《ぬ》っていく。

「見つかりました?」

「いや……ここらへんだと思ったんだけどな。なにせ何店舗《てんぽ》か見て回ったし」

「そうなんですか?」

「まあ、人に贈《おく》るものだからな。出来るだけ良いものを贈りたかったんだ」

少しだけ恥ずかしく、隣の斎藤から視線を逸《そ》らして前を向く。

「きちんと探してくれたんですね」

「当たり前だろ。日頃から世話になっているんだからな。そこまで恩知らずになった覚えはない」

「それなのに、壊してしまってすみません」

「あれはお前のせいじゃないだろ。気にすんな」

どうにも斎藤は全部自分の責任だと感じているところがある。責任感が強いのは彼女の美徳だが、そんなものまで抱え込まなくてもいいのに。顔に影《かげ》を落とす斎藤にそっと息を吐く。

やりきれない気持ちを抱えたまま歩き続け、以前の記憶《きおく》をたどっていけば、とうとう目的の店は見つかった。

「あ、あったぞ」

「ここですか」

ガラス細工のアクセサリーが並んでいるのが入り口からも見てとれる。以前来た時とそれほど変わった気配はない。店の前で一息分だけ立ち止まって中へと入った。

「いらっしゃいませ」

中にいた店員さんが声をかけてくる。綺麗な耳飾《みみかざ》りを揺らして愛想《あいそ》よく笑う店員さんがレジに立っていた。斎藤と二人で店員さんの元へと向かう。

「すみません」

「はい、どうしましたか？」

「以前このお店で購入《こうにゆう》したんですが、ガラスが割れてしまって。修理とかってやっていますか？」

「大変申し訳ありません。修理は承《うけたまわ》っておりません」

「え……」

隣から微《かす》かに漏《も》れ出た声が聞こえた。期待しないようにしていたとはいえ、ショックは隠しきれない。ありえない幻想《げんそう》に縋《すが》り付きたくなってしまう。俺は斎藤の手提から箱を取り出して店員さんに見せる。

「破片はあるんですけど、なんとかなりませんか？　すごく大事にしているものなんです」

「本当に申し訳ありません。新しいものを買っていただくしか……」

「せめて、このかけらを使って作り直してもらうとかもダメですか？」

「心苦しいのですが、すみません。一お客様の願いばかりを聞くわけはいきません」

向こうにも事情はあるのだろう。商売なのだから、いちいち個人のお願いを聞いていられないのも分かる。だが……。

「でも、そこをなんとか――」

「もういいです。これ以上は迷惑になってしまいます。帰りましょう」

くいっと袖《そで》を引っ張られて、冷静さを取り戻す。はっとして正面を見れば、困ったようにしている店員さんがいた。

「すみません。しつこくして」

「いえ、大丈夫ですよ。よろしければ、同じような商品をご紹介《しょうかい》いたしますが？」

隣の斎藤に視線を送れば、ふるふると首を振る。

「お気持ちだけ受け取っておきます。失礼しました」

礼をして、重い足取りでお店を後にした。

一切《いっさい》の会話は無く、斎藤は俯いて黙っている。どのくらい歩いただろうか。気づけば斎藤の家の前に来ていた。思い付きで言ったとはいえ、少しでも期待をさせてしまったことが心苦しい。後悔《こうかい》で彼女になんと声をかけるべきか分からないまま、ここまで来てしまった。

流石に今日はもう読書の気分ではない。それに斎藤も一人にしておいた方がいいだろう。

「今日はもうこれで帰るわ」

「……はい」

「その、勝手に期待させてごめん」

「いえ、私のためにしてくれたことは分かっていますから」

沈《しず》んだ声のまま、ぽつぽつと言葉を交《か》わす。ただそれも少しの間だけで、すぐに沈黙《ちんもく》だけが俺らを包んだ。

「じゃあ、また明日な」

「はい、また明日」

弱々しく手を振る斎藤と別れて帰り道を辿《たど》った。

まだ五時前だというのに、すでに辺りは薄暗《うすぐら》い。太陽も沈み、どんどん周りが冷えていく。街頭の影が長く伸びて道を暗く色づけ、それがまるで俺の足を引っ張っているかのようで、動かす足は重い。ちらりと視界を白い何かが過《よぎ》り、俯いていた顔を上げれば、雪が降り始めていた。純白のそれは大空からしんしんと降り注いでいる。

（あ、しおりを入れている箱、返すの忘れてた……）

店員さんを説得しているときに斎藤の手提から取り出したまま、持ってきてしまったらしい。明日返せばいいか、と小さくため息を吐く。

俺は間違《まちが》えたのだろうか？　悲しむ斎藤を見たくなくて思わず提案してしまったが、一人で先に確認《かくにん》しておくべきだった。そしたら彼女を絶望させずに済んだのに。下手に望みを与《あた》えたことで、より一層悲しませてしまった。

きっと明日からまた彼女はいつも通りに戻るだろう。傷を隠《かく》して平気な顔をして。冬休みの間そうだったように。直すことを諦めて、現実を受け入れて。慣れた痛みは鈍《にぶ》くなるから、きっと明日も彼女は優しく笑ってくれるに違いない。

でも、それは俺の望んだ笑顔じゃない。きっと斎藤はこれまでにいくつもの過去を抱えているのだろう。過去は変えられない以上、それらをなかったことには出来ない。それはしおりが壊れてしまった事実も同じだ。

違いがあるとすれば、それは俺がその事実を知っているということ。斎藤が傷ついて悲しんだ原因を知っていること。今回のことに関しては、まだ彼女を救ってあげられる余地が残っている。

どうすれば助けてあげられるか？　簡単だ。もう答えは得ている。ただ方法が分からないだけ。壊れたガラスの直し方なんて知らないし、やったことなど猶更《なおさら》ない、とすればあとは誰《だれ》かに頼るしかないが、それすらも思いつかない。唯一《ゆいいつ》の頼《たの》みの綱《つな》のお店もたった今切られたところだ。

諦めるしかないのだろうか？　もう納得《なっとく》するしかないのだろうか？　普段の俺だったらすぐに諦めているだろう。無駄《むだ》な労力を割《さ》くより、現実を受け入れた方が効率的だ。だが、斎藤だけは別なのだ。斎藤はまだしおりに未練を抱《だ》いていた。悲しんでいた。傷ついていた。それを知ってしまった以上、諦められるわけがない。

だが、どうすればいい？　一度は諦めたこと。可能性を思いついてもその望みは潰《つい》えた。残る手段はなにがある？　以前ガラス修理について調べたが、出てきたのは窓ガラスの修理についてがほとんどで、しおりのようなガラスのアクセサリー素材の修理方法なんてなかった。

修理方法も分からず本当に直せるのか？　自分は元より直せる人にも心当たりはない。唯一思いつく方法は作り直すことくらいか。直せなくとも素材として活《い》きてくれるなら、納得してもらえるかもしれない。だが、そのためにはガラスでアクセサリーを作っている人に頼る必要がある。もちろん、そんな人が身近にいるはずが……。

そこまで、考えたところで、一人脳裏《のうり》に浮《う》かんだ。しおりとは違《ちが》うが綺麗な七色の球のアクセサリーを作っていると言っていた。彼女なら、なにかアドバイスをくれるかも。

慌《あわ》ててスマホを取り出して電話をかけた。

「田中先輩《たなかせんぱい》。急に電話なんてどうしたんですか？」

「舞《まい》さん。ごめん、急に。いつもつけてるストラップのあの綺麗な球について少し聞きたくて」

「はい、いいですよ」

「あれって作ってるって言ってたよね？　ガラスをどうやって作ってるの？」

「ガラス？　田中さん、違いますよ。あれはレジンです。確かにぱっと見は似てますよね」

舞さんの予想外の言葉に思わず首を傾《かし》げる。

「レジン？」

「あれ、知りません？　レジン自体は透明《とうめい》な液体なんですけど、色をまぜたりして、紫外《しがい》線《せん》を当てると固まるんです」

「へー、そんなのがあるんだ」

「はい、ガラスみたいな綺麗なアクセサリーが簡単に作れるんですよ。確か割れたガラスの修理とかにも使われていた気がします」

「え、それ本当か⁉」

　思わず優しい口調を忘れてしまった。少し荒《あら》い言い方に電話の向こうで少しびっくりしたようで「あ、はい」という声が聞こえた。

「それって沢山のガラスの破片でもくっつけること出来るのか？」

「どうでしょう？　やったことがないので。普《ふ》通《つう》はひび割れた車のフロントガラスとかに使うんです。だから、くっつきはすると思います」

「そうなんだ」

　見つかった。思いがけないところから出てきた方法だが、これなら直すことが出来る。きちんと枠《わく》をとって、その中に破片を綺麗に並べれば、多少元よりは見栄《みば》えが悪くなろうとも、直すことが出来るはず。

「なにか直すんですか？」

「ガラスで出来たしおり。大事な人のなんだけど、結構割れちゃってて全部くっつけたいんだ」

「大事な人の、ですか。……よかったらお手伝いしましょうか？」

「ありがとう。それなら直接やり方を教えて欲しい。あとどんなレジンがいいかも」

レジンの扱《あつか》いに慣れている人がいれば、とても頼りになる。それにネットで調べてもやり方は分かるだろうが、直接人に教わる方がより効率よく学べるし。

「早めの方がいいですよね。明日の午前中なら空いているので、一緒にレジンを買いに行きますか？　おすすめとか教えられると思いますし」

「ああ、それでよろしく」

女子と出かけるのは少し気が引けたが、そんなことは言っていられない。斎藤のしおりを直すためだ。その後、時間と場所を約束して電話を切った。

スマホで調べてみれば、とりあえずガラスとレジンはくっつくらしい。型を作りこの破片を綺麗に並べて固めれば、直せるはず。

まだ、完全に直ると決まったわけではないが、解決への方法が見つかったことにほっと安堵《あんど》する。直せる。絶対直して見せる。

とりあえず、明日からしおりを直し終えるまでは、斎藤の家に行けないことが決まった。

なので、斎藤にメッセージアプリで連絡《れんらく》を入れる。

『悪い。明日から一週間くらいはそっちに行けない』

茶色の猫《ねこ》のアイコンの斎藤に送れば、すぐに既読《きどく》がついた。

『分かりました。なにかするんですか？』

『修行《しゅぎょう》だ。本をたくさん読むために引きこもる』

『なにを言っているんですか？　それ、なにも鍛《きた》えていないじゃないですか』

適当に誤魔化《ごまか》せば、いつもの正論のツッコミが飛んできた。スマホの向こうで呆れたように斎藤がため息を吐いた気がした。


翌日、ショッピングモールが開く時間、十時に合わせて入り口前に向かう。待ち合わせも十時にしていたが、どうやら舞さんの方が早く来ていたらしい。

舞さんの私服姿は初めて見たが、バイトの時よりも女の子らしさが強く出ているように感じた。白のセーターに黒のスキニーを穿《は》いていて、首元にはしっかり紺色《こんいろ》に赤のラインが入ったマフラーを巻いている。その暖かそうなマフラーに口まで埋《う》めていた。

「ごめん、急なのにありがとう」

「いえ、大事な人のものなんて聞いたら、放っておけませんからね」

「本当にありがとう」

屈託《くったく》なく笑う舞さんに改めて頭を下げる。そこまで親しくないにも関《かか》わらず、快く引き受けてくれて、もう感謝してもしきれない。

「いそうとは思っていましたけど、やっぱり大事な人って彼女さんですか？」

「え？　違う違う。心から信頼《しんらい》できる友人だよ」

斎藤は失いたくないほどに、大切で大事な人、そういう友人……のはず。自分がそう思っているはずなのに、少しだけ引っかかる。些《さ》細《さい》な違和感《いわかん》につい眉《まゆ》に力が入ってしまう。

だが、舞さんは特に俺の様子を気にしてはいないようで、羨《うらや》ましそうに呟《つぶや》いた。

「あ、彼女さんじゃないんですか。いわゆる親友という奴ですね。いいなー、そういう存在、私も欲《ほ》しいです」

「いないんだ？」

「仲のいい友達はいますけど、そういう親友みたいな人はいないですね。少し前まで友達も少なかったので。私今はこんな感じですけど、中一のころまでは結構大人しいタイプだったんですよ」

「みたいだね。少しだけ柊《ひいらぎ》さんから聞いた」

「あ、そうだったんですか。そういうわけなので、親友みたいな存在には憧《あこが》れますね」

人が違えば隠しそうな過去のことなのに、舞さんはあっけらかんとしていて、清々《すがすが》しい。それはどこか斎藤にも似た強さのようなものを感じた。

「俺も別にその人とは昔から仲が良いわけじゃないよ。知り合ったのも最近だし」

「え、そうなんですか？」

「うん。顔はもう少し前から知っていたけど、話すようになったのは二か月前くらい。それでも不思議なことに話が合うし、一緒にいて楽だし、何より信頼できるから、時間はあんまり関係ないと思うよ」

「へー、なんか運命の出会いみたいですね」

「運命の出会い、ね」

随分《ずいぶん》と大層な言い方に思わず苦笑《くしよう》を零《こぼ》す。運命とかそういうものはあんまり信じない性質だが、斎藤との出会いについてだけは認めてもいいような気がした。

そこまで話したところで入り口が開いた。まだ早いので、入るお客さんは夕方に比べて少ない。それでもクリスマスのせいか、それなりの人数がぞくぞくと中へと入っていく。自分たちもその流れに任せて中へと入った。

昨日はしおりのことで頭がいっぱいで店内をよく見る余裕《よゆう》がなかったが、改めて見ると、建物内はクリスマスらしく赤と緑で彩《いろど》られていた。入り口近くのホールには大きな樅《もみ》の木が立ち、イルミネーションで煌《きら》びやかに輝《かがや》いている。その姿を横目に舞さんに案内されてレジンの売り場まで向かう。

「田中さんはクリスマスですけど何も用事ないんですか？」

「今のところはないかな。しおりの修理に専念するつもり。出来るだけ早く直してあげたいし」

「そのセリフ相手に聞かせてあげたかったです。私がその相手の人だったら、田中さんに惚《ほ》れてましたよ。本当に大事な人なんですね」

優《やさ》し気《げ》に目を細めて、にっこり微笑む舞さん。改めてそう言われると、自分のセリフが恥《は》ずかしくなってくる。羞恥《しゅうち》を誤魔化すため、話題を戻す。

「ま、まあね。舞さんこそ今日は何もないの？」

「午後から友達とクリスマスパーティをする予定なんです。だから、朝早くにしてもらったんですよ」

「なるほどね。でもちょっと意外、彼氏《かれし》さんと過ごすのかと」

「あはは、なに言ってるんですか。いないですよ。寂《さび》しいおひとり様なんです」

一瞬眉《いっしゅんまゆ》を下げた気がしたが、すぐに可笑《おか》しそうに笑う。

「えっと、なんかごめんね？」

「ちょっと、謝《あやま》られるのが一番惨《みじ》めなんですよ！　それに私には好きな人がいますから」

頬を膨《ふく》らませて怒《おこ》るが、その後の言葉の方に注意が引かれた。

「好きな人はいるんだ？」

「はい、そりゃあ、勿論うら若き中学生ですからね。好きな人の一人や二人くらいいますよ」

「いや、二人はまずいでしょ」

誇《ほこ》らしげに胸を張る舞さんに思わずつっこむ。堂々と言えば二股《ふたまた》は許されるわけじゃないからね？

「冗談《じょうだん》です。でも好きな人がいるのは本当ですよ」

ぺろっといたずらっ子のように舌を出して、くすっと微笑む。そのまま前を向き、どこか遠くを見るようにして言葉を紡《つむ》いだ。

「あの人の隣に立つために変わったんですから」

「え、それって――」

「あ、ここです！　ここの品ぞろえはかなり良いので、最適なレジンが見つかると思いますよ」

「分かった。じゃあ、おすすめよろしくね」

舞さんの呟きは気になったが、それ以上聞ける雰囲気《ふんいき》でもない。楽しそうに案内してくれる姿に、追及《ついきゅう》する言葉は胸の内にしまった。

その後はレジンについて色々説明を聞いてどれが一番いいのか決めていく。種類はどれにするのか。どうやって固めるのか。色はどうするのか。本当にガラスを混ぜても大丈夫なのか。店員さんにも聞いて、一番最適なものを選び出す。

幸いよさげなものは見つかり、それを購入した。他にも型や、ＵＶライトなど必要なものを買いそろえてショッピングモールを出た。

「よかったですね。ちゃんとやれば直せそうですし」

「ああ、本当にありがとう。おかげで直せそうだよ」

「いいえ。上手《うま》くいくといいですね」

舞さんの言葉に強く首肯《しゅこう》する。

準備は整った。あとはやるだけ。おそらく何度も失敗するだろう。初めは特に慣れていないからきっと上手くいかない。それでも諦めることだけはしない。もう手段は手に入れたのだから、あとは意地だ。絶対に直して見せる。

もちろん、ちゃんと直せるか不安だし、上手くいくなんて保証はない。失敗して終わる可能性の方が高いかもしれない。失敗して終わったときのことを考えると、今のままなにもしないで置いた方が良いのかもしれない。だとしても俺《おれ》は挑戦《ちょうせん》する。斎藤をもう悲しませないために。受けた傷を癒《いや》すために。

その方法があって挑《いど》まないわけにはいかないんだ。斎藤には傷を隠すことなく幸せに笑って欲しいから。

家に帰ってきて早速《さっそく》取《と》り掛《か》かる。本当なら舞さんにもう少しやり方などを実践《じっせん》で見せて欲しかったが、午後には用事があるし、彼女もこういった修理みたいなやり方はやったことがないと言っていた。なのでどうしても試行錯誤《しこうさくご》が必要になる。そこまで彼女に付き合わせるのは申し訳なかった。そういうわけで、ここからは一人でやるしかない。一応困ったことがあったら聞いて、と言われているのでそのときは電話で聞くとしよう。

買《か》い物袋《ものぶくろ》から取り出して、机に並べていく。レジン液。型。ＵＶライト。液体着色剤《ちゃくしょくざい》。ピンセット。まずはやったこと自体がないので、どんな風に固まるのか、そこから確認してみる。

レジンでのしおりの作り方自体は簡単だ。売っているプラスチックの型に、レジン液を流し込んで、ＵＶライトか太陽に当てればいい。五分から十分ほどですぐに固まる。

無事一回目のしおりが完成したので、取り出して出来栄《できば》えを確認していく。

見た目はまずまずといった感じだ。まだ何も入れていないので単純な透明のしおりだが、強度も十分にある。きちんと硬《かた》くなるか不安だったが、これならいけるだろう。だがいくつか問題点が見つかった。

まず、気になったのは歪《ゆが》み。熱のせいか両端《りようたん》が若干《じやつかん》そり曲がってしまっていた。本に挟《はさ》むものなので、この歪みは使い辛い。

次に気泡《きほう》。レジン液を入れたときから、気になっていたが、固まっても気泡はそのまま残ってしまった。固まってしまったらやり直せない。本番は一度きりなので気泡は絶対に入らないようにしないとな。

最後に余分な部分。やはり型で固めてしまっているせいか、形が綺麗《きれい》に整っていない。はみ出て固まっている部分が何か所かあり、明らかに見栄えを悪くしている。

さて、どうしたものか。問題点は見つかったので、あとは解決していくのみ。まだまだ先は長いが、ここからだ。一番の救いはしおりを直せそうなところだろう。ちゃんとやれば壊れる前と同等のクオリティまで持っていける。気合を入れ直し、一つ一つの問題に向き合っていった。そうやって問題に向き合い続け、なんとか解決方法を編み出して、とうとう本番を迎《むか》えた。

（うまくいくだろうか……）

十二月三十一日。緊張《きんちょう》で気分が落ち着かない。何度も深呼吸を繰《く》り返すが収まることなく、心臓の拍動《はくどう》がいつもより早く脈打つ。もう一度だけそっと息を吐《は》き、手もとの箱に視線を落とした。ゆっくり丁寧《ていねい》に箱を開ければ、中には砕《くだ》けたガラスの破片が入っている。散ってなおも美しく煌めくガラス片《へん》たち。いまから自分の手で元に戻《もど》す、そう覚悟を決めて作業に取り掛かった。

まず最初に、しおりに使われていた長方形の金属の囲いを入れる。そして、その中にガラス片たちをピンセットで丁寧に並べていく。途方《とほう》もない作業。大小さまざまなので、どこに置くか把握《はあく》しづらい。それでも、集中を切らさず、丁寧に、丁寧に、何度も確認しながら進めていく。

「はぁ、やっと並べ終わった」

割れたしおりがあのとき落ちたせいで、小さな欠片《かけら》がかなり無くなっており、隙間《すきま》が想像以上に目立つ。これは次の作業もかなり骨を折りそうだ。

同じ色のガラスごとにレジン液でまとめて固めていく。固まったら、今度は色の違うガラス片同士の隙間にレジン液を入れてもう一度固め直す。こうすることで、ほぼずれることなくしおりの形でガラス片を固められる。少し待ち、とうとうしおりの形で一つになったガラス片たちが完成した。

「やっと、ここまできた……」

以前贈った形。久しぶりに見た姿に思わず声が漏れ出る。ここまで来たら、あとはいつもどおりにやるだけ。ここからは慣れたもの。

金属枠《きんぞくわく》にはまったガラスのしおりの周りに透明なレジン液を流し込んでコーティングを施《ほどこ》す。ただ、気泡が入らないように細心の注意を払《はら》って作業を進めていった。

気泡も全部消し、何度も入っていないことを確認したら、あとは太陽に当てるのみ。幸い今日は晴れているのですぐに固まってくれるだろう。庭へと出て、太陽の下に晒《さら》した。

(ほんと綺麗だよな)

陽の光に照らされて、しおりは煌めき輝《かがや》く。眩《まばゆ》い光は色合いが移ろい、見惚れるほどに美しい。思わずじっと見入ってしまった。

そっと太陽を見上げる。ずっと引きこもっていたせいで、太陽の光が眩《まぶ》しい。目を細めて、陽の光を浴びた。あと少し。あと少しで修理が終わる。やっとここまできた。長かったな。

レジン液で初めてしおりを作った日がもう遠い日のように思える。今回のは本当に大変だった。問題は山ほどあったし、元と同じ程度まで綺麗に直すのは、かなりの練習が必要で、流石《さすが》に疲《つか》れたし、飽《あ》きた。もう二度とこんなことはやりたくない。ただ、それでもやったことは後悔していない。斎藤が大事にしていたしおりを直せたのだから。それで十分俺の行いは報《むく》われている。少しは傷が癒えてくれるだろうか？　喜んでくれるだろうか？　また笑ってくれるだろうか？　斎藤の反応が楽しみだ。

一時間ほど太陽の下に晒し終え、最後の整形作業に移る。型から外してしおりの形にカットしていく。それだけでは、表面がザラザラで見栄えが悪いので、綺麗になるよう、表面をやすりで磨《みが》く。丁寧に、丁寧に。傷がなくなるように。壊れないように。何度もやすりをかけ、最後にもう一度レジン液をはけでムラなく塗《ぬ》ってライトに当てたら完成だ。

時計が十分経《た》ったのを告げる。そっとライトからしおりを取り出して手に取った。

「はぁ、終わったー！」

完ぺきな出来栄え。手元で輝くしおりはまさに贈ったときのよう。大きさも形も申し分ない。補修した分少し以前より厚くなってしまったが、それは逆に壊れにくくなったということだ。もう一度光に透《す》かして、つい口元が緩《ゆる》んだ。

これなら斎藤も気に入ってくれるだろう。修理したとは思えないくらいの出来栄えだ。喜んでくれるはず。渡《わた》した時の反応を想像して心が弾《はず》む。

「あ、連絡しないと」

外を見れば夕方で、もう日が暮れ始めている。朝から作業を始めたというのにもうこんな時間か。やはり修理はどうしても時間がかかってしまった。だが、まだ間に合う。今日ならまだ新年を迎える前に渡すことが出来る。

『突然《とつぜん》で悪いんだが、今日、そっちに行ってもいいか？　少し顔を出してくれるだけでいいんだ。中には入らないから』

メッセージを送ればすぐに既読がついた。

『はい、いいですよ』

『じゃあ、今から向かうな』

よし、これで渡しに行ける。どんな顔をするのか今から楽しみだ。

早速着替《さっそくきが》えて出かける準備をしようとしたところで、またスマホの着信音が鳴った。まだなにかあったのだろうか？　ポケットから取り出してスマホの画面を見る。

『外で会うんですから、ついでですし、初詣《はつもうで》に行きませんか？』

思わず二度見する。だが、何度見ても画面は変わらない。まさかのお誘いに困惑《こんわく》するばかり。え？　うん？

『いいけど、どうした？』

『ちょうどいいタイミングだったので』

『なるほど。それなら、会うのは遅《おそ》い方がいいよな？』

『そうですね。そうしましょうか』

『分かった。じゃあ、十一時半に斎藤の家に行く』

『はい、分かりました』

そこでメッセージのやりとりが終わる。スマホをポケットに戻して、思わず頭上を見上げた。どうしてこうなった？

夜も深まり、日を跨《また》ぐまであと少しとなった。頭上では、澄《す》んだ空気のおかげか星々がその存在を主張するようにきらきら輝いている。その明かりのおかげか暗く闇《やみ》に沈んだ夜道が、ぼんやりと光って浮かび上がっていた。

普段《ふだん》ならもう遅い時間なので行き交う人はほとんどいないはずだが、年越《としこ》しのためか、何度か歩く人とすれ違う。集団の人たちや男女のカップルらしき人たちもいた。

どうしてこうなったのか。歩きながらもそれだけがずっと頭の中で渦巻《うずま》いている。ただ、しおりを渡して驚《おどろ》かせるはずが、なぜか初詣に誘われてしまった。

一体なんのために？　どんな用件で？　これまで成り行きで一緒《いっしょ》に外で行動することはあったが、こうして約束して出かけることはなかった。これはいわゆるデートなのでは？　なんて馬鹿《ばか》な考えが浮かんで、振《ふ》り払った。

斎藤《さいとう》が俺に好意を抱いてくれている可能性があることは忘れていない。だが、それでもこれまでの彼女《かのじょ》は、友達として接してきていた。それなのに、態度を急変させるなんてことがあるのだろうか？　むしろ、なにか理由があって誘ってきたと考えるのが普通だ。

だが、どうしてもその理由が思いつかない。とりあえずは頭の片隅《かたすみ》に追いやって、忘れていないかもう一度バッグにあるしおりを入れた箱を確認した。

夜道を自分の家から斎藤の家に向かうのは新鮮《しんせん》だったが、何も問題は起こることなく、順調に着く。そのまま斎藤の家の扉《とびら》の前まで来て呼《よ》び鈴《りん》のボタンに指を触《ふ》れさせた。

どんな感じで顔を合わせたらいいだろうか？　面と向かうのはクリスマスイヴ以来の一週間ぶり。あの時はかなり気まずい状態で別れてしまった。

もう一週間が経っているので、あからさまに落ち込んではいないだろうが、いつも通りに接していいのだろうか？　自分の態度の方向性が決まらず、いつまでも指先に力を込められない。なにも決まらないまま時間が過ぎて、止《や》むを得《え》ずボタンを押《お》した。

高い電子音が通路に響《ひび》いて、また静かになる。部屋の中から人が動く足音が近づいてきて、扉が開いた。

「はい」

「!?」

現れた彼女の姿を一目見た瞬間《しゅんかん》に、思わず呆《ほう》けてしまう。

彼女は白のセーターに下は黒のデニム生地《きじ》のスカートで、上にもこもことした柔《やわ》らかく起毛した茶色のコートを羽織っていた。

普段の部屋着とは百八十度異なる服装は女の子っぽくとても似合っている。

彼女なら何を着ても似合うだろうと思っていたが、まさかこんなにも似合うとは思ってもみなかった。

久しぶりに見た外行きの格好は大人っぽい綺麗さと女の子らしい可愛《かわい》さ両方があり、非常に魅力的《みりょくてき》に彼女を引き立てていた。

普段の制服姿でスカートは見慣れたものだが、制服の時よりも少しだけ短く、ちらりと見える彼女の肌色《はだいろ》の太ももがどこか色っぽい。

艶《つや》やかに煌めく黒髪《くろかみ》はカールがかけられ、ゆるふわなフェミニンさを醸《かも》し出している。

さらには耳にしゃらりと揺《ゆ》れるイヤリングが輝き、女性らしさというものを際立《きわだ》たせていて、つい目を惹《ひ》かれた。

元々顔立ちが整っているというのにその魅力《みりょく》をさらに引き立てるように施された化粧《けしょう》のおかげで、これ以上なく清楚《せいそ》美人といった雰囲気を纏《まと》っていた。

息をするのも忘れるほど魅力的な彼女の姿に、身体は硬直《こうちょく》してしまう。そんな俺を不思議そうにこてんと首を傾げた。

「どうしたんですか？」

「いや……あまりに可愛くて見惚《みと》れてた」

不意を突《つ》かれたことでつい思ったままに感想が口から出る。

彼女は大きく数回目を瞬《まばた》き、それからほんのりと頬《ほお》を染めてきゅっと唇《くちびる》を結んだ。

その反応に、呆けていた頭が冷静さを取り戻す。彼女はあまり容姿について褒《ほ》められるのが好きではない。言ってしまったことに後悔が滲《にじ》み始める。

「悪い、こういうこと言われるのは嫌《きら》ってたよな……」

「そ、そんなことはないです！」

「お、おう」

急に強くなった口調に思わずたじろぐ。嫌《いや》がっていなかったことにほっとしながらも、それ以上に彼女のどこか必死な様子に驚き、頷《うなず》くことしか出来なかった。

彼女は合わせていた目線を外してそっぽを向く。それからちょっと怒ったように睨《にら》んできた。

「……あなたに言われるのは嫌じゃないですけど、急に言うのはやめてください。まったく」

「すまん」

俺の謝罪に斎藤はそっとため息を吐く。頬にこもった熱は少し引いたようで、薄《うす》い桜色なっている。仕切り直すようにコホンと一回咳《せき》ばらいをして、またこちらを向いた。

「それでもう出かける準備は大丈夫《だいじょうぶ》なんですか?」

「ああ、それはばっちりだ」

「では、行きましょうか。あまり知り合いがいなそうな少し遠い方の神社に行こうと思いますけど、いいですか?」

「もちろん。俺もそっちの方が都合が良いし助かる」

俺らが住む地域には二つの神社がある。一つはかなり大きく町中にあるので、多くの人が訪《おとず》れるが、もう一つは少し小さく町中からは外れたところにあるので、人が少ない。それに加えて学校とは真逆の位置にあるので、学校の生徒なら大体が大きい方の神社に向かう。そういう事情があるので、斎藤が提案しなかったら俺が提案するところだった。

斎藤の提案を受け入れ、そちらに足を運ぶことにした。

「それにしても、どうして俺を誘《さそ》ったんだ?」

「流石に一人で行くのは嫌でしたし、それに夜の初詣に行ったことがないので行ってみたかったんです」

「へー、夜はないのか」

「はい、大体は一日のお昼とかに母と二人で行ってましたね」

もしかしたら、本当にただ行きたくて誘ってきたのかもしれない。斎藤の反応にそう思う。なにか訳があるようには感じないし、素直《すなお》に楽しそうにしていて表情はいつもより明るい。

「随分楽しそうだな」

「それはそうです。初めての夜の初詣ですから」

「そうか」

にっこり朗《ほが》らかに微笑《ほほえ》む斎藤には、もうクリスマスイヴの時の陰《かげ》りはない。実に楽しそうで、今にも鼻歌とか歌いだしそうだ。その表情にそっと安堵するが、「本当に楽しみです」と笑った彼女の表情にはわずかな違和感が残った。

斎藤の家から歩くこと三十分ほど。ようやく目的の神社にたどり着いた。思っていたよりも遠く、呼吸が少し乱れる。

「はぁ、やっと着いたか。意外と遠かったな」

「少しは遠かったですけど、そんな息を切らすほどの距離《きより》ではありませんよ？　本ばかり読んで運動不足なのでは？」

「確かに。今度から持ち歩く本を三冊にするか」

「……そういうことではないんですけどね」

呆《あき》れ口調にため息を吐く斎藤。三冊持ち歩けば、どこでも読むのに困ることはなくなるし、本の重さで筋トレになる。素晴《すば》らしいアイデアだと思ったんだが、斎藤には不評みたいだ。

息を整えながら鳥居を潜《くぐ》る。向こうの大きい神社に比べれば少ないが、それでもやはり多くの参拝客で混雑していて、人が途絶《とだ》えることなく出入りしていた。

「結構人いるな」

「夜なのにこんなに人いるんですね！」

きょろきょろと驚嘆《きょうたん》の声を上げながら辺りを見回している。

初めての夜の初詣にテンションが上がっているらしく、声が高く明るい。きらきらと目を輝かせながら、あっちを見たりこっちを見たりして忙《いそが》しい。

「はしゃぐのはいいけど、はぐれないようにしろよ？」

「は、はしゃいでいません！　……少しだけワクワクしていただけです。でもはぐれないようには気を付けます」

それをはしゃぐというのではないか？　というツッコミは心の中で飲み込む。俺の注意に冷静さは取り戻したようで、表情を引き締《し》めていた。そんな素直な様子もなんだか幼い子供のようで思わず笑《え》みが零れてしまう。

「……なんですか？」

目を細め、ムッと睨んでくる。その頬を膨らませて睨む様子が今度は小動物ぽくって可愛らしい。

「なんでもない」

「……そうですか。じゃあ、行きましょう！」

肩《かた》を窄《すぼ》めて曖昧《あいまい》に笑えば、斎藤は前を向いて掛《か》け声《ごえ》を上げる。今からピクニックにでもいくのか、と思うぐらいの明るい姿にまた違和感が一つ突き刺《さ》さった。

人混《ひとご》みの中へ入ると、外から見ていた以上に見通しが悪く混んでいる。前から横から後ろから。あらゆる方向から賑《にぎ》わう声が行き交《か》い騒《さわ》がしい。時々人にぶつかりそうになるので気を付けながら、いつもより遅い足取りで進んでいく。

まずは手水舎《ちょうずや》を目指すことにしたのだが、その途中《とちゅう》で彼女が多くの人の視線を集めていることに気づいた。

別に彼女が何か目立つ服を着ているわけでもないし、むしろ着物を着ている人もいるのでそういった人の方が普通なら目立つはずだ。

それでも彼女が注目を集めているのは、ひとえに優《すぐ》れた彼女の容姿が原因だろう。さらにそこに彼女の魅力を最大限まで引き出す化粧と服装があるのだから、注目されるのは頷けた。

「どうかしましたか？」

「いや、別に」

やはり彼女はモテるんだなと客観的な感想を抱《いだ》いたのと同時に、少しだけそのことが面白《おもしろ》くなかった。

彼女の中身も知らないくせに。苛立《いらだ》つ感情が少しだけ湧《わ》いたが、そのことを口にはせず一通りのことをして手水舎を離《はな》れた。

彼女は少し不思議そうに首を傾げながらもとことこと後をついてこようとする。

混んでいるので彼女を後ろにして歩くが、彼女は人が多いところに慣れていなかったらしく、人にぶつかり「きゃっ」と小さく悲鳴を上げた。

慌てて振り返ると少し離れたところで困ったように立ち止まっている。眉をへにゃりと下げて口元をきゅっと結んでいる彼女と目が合った。

「悪い、早く歩きすぎた。大丈夫か」

「すみません」

急いで彼女の元へ駆《か》け寄り声をかけると、しょんぼりとして謝ってきた。謝るべきは俺なのだが、今はそれを言っている場合ではない。

「あと少しだから。ほら、手を貸せ」

「えっ⁉」

謝罪なら後ですればいいし、今ここで立ち止まっている方が迷惑《めいわく》だ。それにまた誰《だれ》かとぶつかるかもしれないので危ない。

あと少しで混雑した場所は抜《ぬ》けられるので、彼女の手を引いて歩き出す。

彼女の手を握《にぎ》ると何やら悲鳴にも似た声が聞こえたが、そんなことは気にも留めずとりあえず人混みを抜けるまで歩き続け、なんとか参拝の列に並んだ。

「もう少し気を使うべきだった。ごめん」

「い、いえ、それは別に……」

列に並び一息ついたところで改めて謝る。責められる覚悟《かくご》もしていたのだがそのことについて特に何も言われることはなかった。

ただ、彼女は目を伏《ふ》せてほんのりと頬を色づかせながら握った手に視線を送っていた。

彼女の様子がおかしいことに首を傾《かし》げる。どうした？　と思ったところで気づいた。

「わ、悪い。急いでいたから気づかなかった」

彼女と手を繋《つな》いでいたことに気づき、慌《あわ》てて離す。するりと彼女の陶磁《とうじ》のような白い手が俺の手から解《ほど》けた。

自分がしでかしたことに顔が熱くなる。連れ出すのに必死で全く気にしていなかった。斎藤も少しは嫌がる素振《そぶ》りを見せてくれたなら、もっと早く気づいたのだが。

頬の熱を逃《に》がしながら、斎藤の様子を窺《うかが》う。斎藤はにぎにぎと握られていた手の感触《かんしょく》を確かめていたが、俺の視線に気づいてぷいっとそっぽを向く。

「私を連れ出すためだったんですから、仕方ありません。ほら、列も進んでいますから、行きましょう」

「わ、分かった」

そっぽを向いているので顔は隠《かく》れてしまっている。ただ、ほんのりと耳が赤くなっているのだけが目に入った。

やってしまった。俺に触れられるのは嫌ではないと前に言っていたが、それは触れていいというわけではない。互《たが》いに友人同士。そういう距離感なのだから、触れ合うことは避《さ》けるべきことだ。思いがけずとはいえ手を繋いでしまったことに頭を抱《かか》える。

「まったく、いつまで気にしているんですか。もうすぐ私たちの番ですよ」

顔を上げれば、斎藤の熱はすでに引いていて、いつもの表情で前を向いていた。その姿に、後悔《こうかい》は追い払って同じように前を向く。

ガラン、ガラン。大きな鈴《すず》の鳴る音が前から聞こえてくる。一番先頭の人が鳴らし、次

の人、また次の人、と何度も鈴が鳴る。変わらない鈍《にぶ》い金属音の度に列が進んでいく。

「あの鈴の音を上手く鳴らす方法あるんでしょうか？」

「さあな。振れば普通《ふつう》は鳴らないか？」

「私が振るとどうしても音が小さいんですよね。だから毎年気合を入れて振っているんですよ」

再現するように腕《うで》を大きく横に動かす斎藤の姿が珍妙《ちんみょう》で面白く、つい笑みが溢《あふ》れ出る。

「お前でもそんなことするのな」

「年に一回しかありませんからね。しっかり鳴らさないと」

こっちを向いて楽しそうに微笑んだ。魅力的で可愛らしい笑顔《えがお》。だけどやはりどことなく引っかかるのは気のせいだろうか？

拭《ぬぐ》えない違和感を抱えたまま、自分たちの番を迎えた。形式に則《のっと》って挨拶《あいさつ》と参拝を終えたところで、場を離れる。

「何を願ったんだ？」

手を合わせ祈《いの》っている最中に横目で見た彼女の祈る姿は、また綺麗で思わず見惚れそうになるほどだった。そんな美しい姿勢で祈っていたことを思い出して気になった
「もちろん、本についてですよ。いい本に出会えますように、と」

「なるほどな」

なんとなくそんな気はしていたが、案の定本に関する願いで笑みが零れる。彼女らしいといえば彼女らしい願いで面白い。

「もう少し普通の願い事をしろよ」

「別にいいでしょう。そういうあなたは何を願ったんですか？」

「もちろん、本についてに決まってるだろ。好きな作者のサイン会が当たりますようにってな」

「私と同じようなものではないですか……」

やや呆れた表情で、はぁ、と小さくため息をつかれる。よくその願いで私のこと言えましたね、そんなジト目で睨まれたので、肩をすぼめて誤魔化《ごまか》しておいた。

「次はおみくじに行きたいです。いいですか？」

「ああ、いいぞ」

またしても斎藤が先導して次の場所へと移動する。今日はやはり随分と乗り気らしい。

「おみくじ好きなのか？」

「そうですね。毎年引くくらいには好きですよ」

それは普通ではないのか？　と思わなくはなかったが、「何が出るか楽しみです」という明るい声にそれ以上言うのはやめた。

先ほどのことを反省して、今度は彼女の歩く速さに合わせることを意識しながら目的の場所へ向かう。だが、途中でくいっと袖《そで》を引かれた。

「あの、ちょっと待ってください」

「どうした?」

「あそこにおしるこが売ってます。飲みませんか?」

彼女が指さした方向には甘酒《あまざけ》とおしるこを配っている人達《たち》がいた。

少し寒いし温かいものを飲めば多少は身体も温かくなるだろうと思い、「おう」と言ってそちらへ向かう。

「おしるこを二つお願いします」

おじさんが紙コップによそい、彼女と俺に渡してくれる。潰《つぶ》さないように握ると少し熱い感覚が手のひらに伝わってきた。

道の端にずれて、もらったおしるこを一口飲む。甘《あま》い小豆《あずき》がじんわりと染《し》み渡り、お腹《なか》のあたりがほんわり温かくなったことに、ついほっと吐息《といき》が零れた。

ちらりと横目に彼女の様子を窺《うかが》うと、猫舌《ねこじた》らしくちびちびと飲んでいる。やっと口を離したかと思えば、幸せそうに目をへにゃりと細め、口元を緩めながら俺と同じようにほっと息を吐いた。

「どうだ？」

「はい、甘くて美味《おい》しいです」

にっこり微笑んで幸せそうな表情を見せてくる。その表情はとても明るく魅力的だ。

「ほんと、お前って甘いもの好きだよな」

「いいじゃないですか。美味しいんですもん」

「いや、別に責めてるわけじゃないから。幸せそうなお前は見ていてこっちまでいい気分になるし」

「……そうですか」

斎藤は一瞬《いっしゅん》目を丸くして口元をきゅっと結ぶ。それから手もとのおしるこをまた一口くいっと飲んだ。

黙《だま》ったままゆっくりおしるこを味わいながら、行き交う人々をぼんやりと眺《なが》める。家族連れや友人同士の集団、男女の二人組。色んな人が目の前を通り過ぎていく。

一年に一度しか現れない深夜の光景はどこか不思議だった。

「さて、今度こそ行きましょうか」

「ああ、飲み終わったか」

猫舌で斎藤の飲むスピードは遅々《ちち》として進んでいないように思えたが、どうやらやっと終わったらしい。

紙コップをまとめて捨てて、今度こそ本来の目的に戻る。温かい飲み物のおかげでお腹のあたりがほんのり温かく、寒さが少しだけ遠のいた気がした。

斎藤にペースを合わせて歩いたのではぐれることなく無事に到着《とうちゃく》し、早速《さっそく》お金を納めて一枚引く。

期待に胸を膨らませてワクワクしながらおみくじを開くと、結果は末吉《すえきち》。なんとも言えない運勢に苦笑《くしょう》を零《こぼ》す。ちらっと横目に彼女の様子を窺うと、ちょうどおみくじの中身を確認《かくにん》しているところだった。

ゆっくりと丁寧に開いて中を見ている。目をぱちくりと瞬いて、ぱぁっと顔を輝かせた。

「見てください！　大吉《だいきち》です！」

いつもより少し大きい声で朗らかに笑って見せてくる。手に持ったおみくじには確かに大吉と書いてあった。

「よかったな」

あどけない笑顔で無邪気《むじゃき》に喜ぶ様がなんだか微笑ましく、つい笑みが零れる。

俺の表情に、はっ、と自分がはしゃいでいたことに気づいたらしく、見せていたおみくじをおずおずと引っ込める。そのまま、コホン、と咳払《せきばら》いをして「今のは忘れてください」と言っていそいそとおみくじを読み始めた。

らしくない行動が恥《は》ずかしかったらしく、ほんのりと頬を薔薇《ばら》色《いろ》に色付かせてる姿にまた笑ってしまった。

参拝もしたしおみくじもやり終えたので、そろそろ帰るかと思っていたら、隣《となり》で小さく口を開けてふわぁとあくびをした。

「眠《ねむ》いのか？」

「ええ、少し」

目尻《めじり》に涙《なみだ》を浮《う》かべて眠そうに目を擦《こす》っている姿はなんだか猫《ねこ》っぽい。ほんと小動物っぽいんだよな、となんてことはない感想が頭に浮かんだ。

「じゃあ、帰るか。送ってく」

「一人で帰れますよ？　小学生でもないですし」

どうやら彼女は自分が女の子という自覚がないらしい。それもとびっきりの美少女というのに。

こんな深夜の夜道を女の子一人で歩いていたら、万が一があるし危ない。それにお世話になっている身でもあるし、帰るときも送るのが筋というものだろう。何より女の子を一人で勝手に帰らせては男が廃《すた》るというものだ。

「そういう意味じゃねえよ。お前も女の子だから危ないだろ。そんなに可愛いんだから余計にな」

容姿の優れた女の子であるから気をつけなければいけないと忠告すると、彼女はきゅっと口元を結んだ。どうした？　と思えば、背を向けスタスタと先へ歩き出してしまった。

「え、おい」

慌てて声をかけるとピタッと止まって、俯《うつむ》き加減にゆっくりとこちらを向いた。

「……さっきもですけど、あなたのそういうところずるいです」

「何がだよ……」

「……なんでもないです」

責められるようなことをしただろうか、と問い掛ければ、ぷいっとそっぽを向いてしまう。ただ、一緒に帰ってはくれるらしく「ほら、行きますよ」と一言残して歩き出した。

一体なんなんだ、と首を傾げながら彼女を追いかけた。

帰り道、神社から離れるにつれて人気がまばらになっていくの感じながら、もう一度バッグの中の箱を確かめる。手のひらから布越《ご》しの角ばった感触が伝わり、箱が存在を主張してきた。

やはりこれを渡すなら別《わか》れ際《ぎわ》がいいだろう。渡せば必ず斎藤は色々俺《おれ》を追及《ついきゅう》してくるはずだが、曖昧に誤魔化して立ち去れば、あとは何とでもなる。

それにやっぱり、面と向かってきちんと渡すのは少しだけ恥ずかしい。なんとなく自分の気持ちが斎藤に伝わってしまう気がしてしまう。斎藤との初詣は楽しかったが、最後はさっさと渡して帰ろう。そう決めた。

斎藤の家のアパート前までたどり着き、斎藤が振り返って俺の正面に立つ。

「わざわざ送ってくださってありがとうございました」

「はいよ。夜の初詣は楽しかったか？」

「もちろんです。暗い中の参拝は新鮮でとっても楽しかったです！」

にっこりと満面の笑みの斎藤はやはり魅力的で、ぐっと目を惹かれる。だが、少しだけらしくないような気もしてしまう。ほんと一体なんなんだろうか？

別に斎藤の笑顔が作られたもののようには思えない。普段学校で被《かぶ》っている仮面の微笑《びしょう》とは違《ちが》い、感情ののった綺麗な笑みだ。俺が好きな笑顔そのもののはずなのに、やはり違《い》和感《わかん》が付きまとう。

「今日は珍《めずら》しく明るい感じだったしな。いつもって大人しい感じだから元気な雰囲気《ふんいき》の斎藤は新鮮だった。そんなに楽しかったなら良かったよ」

「気づいていたんですか……」

俺の言葉に斎藤は小さく呟《つぶや》いて、真っすぐにこちらを見た。

「……そうですよ。もう元気なんです」

優《やさ》しく想《おも》いを紡《つむ》ぐような言葉と共に、斎藤の表情が満面の笑みからゆっくりと柔らかく儚《はかな》い微笑みに切り替《か》わっていく。

綺麗《きれい》な瞳《ひとみ》が真っすぐにこちらを見て思わず息を飲む。あまりに綺麗で幻《まぼろし》のようで、ただひたすらに続きの言葉を待つ。何か大事な想いを告げるように、細く澄んだ声が俺の鼓膜《こまく》を揺らした。

「もう私は初詣を楽しんじゃうくらい元気なんです。おみくじの大吉を引いて思わずはしゃいじゃうくらいなんですから。しおりのことは残念でしたけど、もう気にしていません。だから、あなたも気に病《や》む必要なんてないんですよ」

目じりを下げてへにゃりと微笑んだ斎藤の笑顔はこれまで見たどの笑顔よりも綺麗で美しかった。訴《うった》えかけてくるその想いはあまりに眩しくて、胸がきゅっと締め付けられる。

ああ、そういうことか。今日の笑顔に付きまとっていた違和感がなんだったのかを察した。

今日一日斎藤はずっと元気だった。これまで見たことがないほどに。

楽しく明るく元気で、しおりの時の陰りは一切《いっさい》なかった。おそらくそれは斎藤がいつも以上に元気に振舞《ふるま》っていたからだ。出来るだけ明るく努めて、しおりの時の悲しみはもうない、とそう伝えるために普段以上に明るく振舞っていたのだろう。

すこしだけオーバーな振舞いが斎藤の笑顔にも現われていたのだ。それが今回の違和感。

俺に心配をかけないために。俺が気に病まないようにするために。

そのために斎藤は俺を初詣に誘ったのだろう。しおり後の最初の接触《せっしょく》で元気な姿を見せれば、俺が落ち込むことはなくなると思って。

自分のためじゃなくて。人のため。俺のためのその優しさが胸のうち一杯《いっぱい》に広がって、たまらないほどにあふれ出す。本当に斎藤は優しい奴《やつ》だ。だから、俺は――。

「……これ、返すな」

バッグからしおりを入れた箱を取り出して斎藤に返す。受け取った斎藤は手元の箱に視線を落として、もう一度俺《おれ》を見る。

「ああ、やっぱりあなたが持っていたんですね」

「あ、イヴの時に返すのを忘れてた。ごめん」

「いえ、それは構いませんよ」

少しだけ悲しそうに微笑みながら箱を見つめる。そして優しく大事なものを撫《な》でるように箱を撫でた。

「開けてみてくれ」

「え？」

「いいから、ほら」

不思議そうにする斎藤に強引《ごういん》に促《うなが》す。どうだろう。驚くだろうか？　喜んでくれるだろうか？　笑ってくれるだろうか？　斎藤の反応を期待して、箱を開けるのを見届ける。蓋《ふた》を開けた斎藤は小さく驚きを零した。

「え、なんで……」

震《ふる》える声と共にゆっくり箱からしおりを取り出し、何度も瞬きを繰《く》り返す。その存在を確かめるように。丁寧《ていねい》に丁寧に持ち上げて、そっと胸に抱く。そしてぽろぽろと涙を零し始めた。

「え、おい、なんで泣く⁉」

喜ぶと思っていたのに。まさか泣かれるとは思わなかった。どうする？　なんて言えばいい？　動揺《どうよう》の渦中《かちゅう》で、斎藤の綺麗な瞳から、一滴《てき》、また一滴と雫《しずく》が落ちていく。

「だ、大丈夫か？」

「はい。勝手に涙が……止まらなくて……」

白く細い指先で何度も目じりを拭うが、それでも涙は止まらない。

「一応直してみたんだ。色々調べてみたり人に聞いたりして修理したんだが、素人《しろうと》だし、下手だったなら悪い」

「そんなことないです！」

ばっと顔を上げて否定してくる。その必死な様子に「お、おう」と思わず頷いてしまった。

「……そんなことないです。まさか直るなんて思ってもいませんでした。もう完全に諦《あきら》めていました」

いつの間にか涙は引いていた。斎藤は胸に抱いたしおりを眺めて緩《ゆる》やかに微笑を浮かべる。大事そうに見つめる姿はあまりに綺麗で呼吸を忘れてしまいそうだ。星の光が淡《あわ》くしおりを輝《かがや》かせて、まるで目の前の斎藤が幻のようにさえ思えてしまう。

斎藤はしおりを見つめたまま、淡く澄んだ声でさらに想いを零した。

「……本当に夢みたいです」

俯いたまま一歩、二歩。俺の方へと近づく。ゆっくり、ゆっくりと。だが確かな足取りで俺の下へと寄ってくる。そして、目の前まで来て、斎藤は頭をぽすんと俺の胸に押し付けた。

「……田中《たなか》くん、しおりを直してくれてありがとうございます」

「お、おう」

一秒？　十秒？　目の前に斎藤がいる現実が受けいられず、固まってしまった。はっと気づいて意識を取り戻《もど》す。すぐに斎藤の両肩《りようかた》を掴《つか》んで、自分の体から引き離した。

斎藤から顔を逸《そ》らして表情を隠す。頬が熱い。今顔が真っ赤に違いない。羞恥《しゆうち》を誤魔化すため、くっついていたことを意識から切り離す。とにかく話題を変えないと。

「い、今、俺のこと名前で呼んだよな？」

「はい。前から呼びたかったんですけど、ずっとあなたで定着していたので変えられなかったんです。その……呼んでもいいですか？」

さっきのことは気にしていないのか、斎藤はいつも通りだ。言いにくそうにしながら、ちらっとこっちを窺ってくる。

「あ、ああ。それは全然いい」

「ありがとうございます」

特に名前で呼ばれて不都合があるわけではない。斎藤は嬉《うれ》しそうに微笑むと、今度は頬をほんのりと朱《しゆ》に染め始める。そしてちらっと期待する目を向けてきた。

「その……私も呼んでほしいです」

「分かったよ。斎藤、これでいいか?」

「はい」

満足そうにする斎藤にそっと胸を撫でおろす。それにしても一体さっきのはなんだったんだ。

「本当にしおりを直してくれてありがとうございます」

「まあ、遅《おそ》くなったが、ケーキのお返しのクリスマスプレゼントとでも思ってくれ」

「分かりました。今度こそ大事に使います」

「あいよ。じゃあ、また明日な。斎藤」

「はい、また明日ですね。田中くん」

幸せそうに笑う斎藤に背中を向けて後にする。ふわりと華《はな》が舞うように微笑んだ最後の斎藤の表情は、相変わらずとても可愛く魅力的だった。

帰り道の寒空の中、頭上の星々を見上げて歩く。一人分の足音だけが俺の歩みについてくる。

斎藤が喜んでくれて良かった。笑ってくれて良かった。心の底から笑ってくれた斎藤はやはりとても綺麗だった。

あれだけでもう十分報《むく》われた気がする。渡《わた》して泣いたときはどうしたらいいか困ったが、最終的には笑顔になってくれたのでケーキのお返しは成功したと思っていいだろう。

想定外の初詣《はつもうで》も最初は戸惑《とまど》ったが、楽しかった。

まさか、俺のためだったとは思いもしなかったが。彼女《かのじょ》の思いやりに満ちた行動に胸が温かくなる。ああいう人のために優しく出来るところが、俺が助けたくなる理由の一つだ。

そんな彼女がまた幸せそうに笑ってくれて本当に良かった。去り際の斎藤の微笑みを思い出して、つい笑みが溢れ出る。

ああ、そうか。これまでずっと斎藤の笑顔が好きで、彼女の笑顔を守りたいから色々頑《がん》張《ば》ってきた。彼女に笑ってほしくて、幸せでいてほしくて色んなことをしてきた。

それは全部彼女の笑顔のためにしてきたと思っていたが、違った。

笑顔は理由なんかじゃない。根本にあるのは斎藤の幸せだ。

斎藤が元気で明るく過ごしてほしい。泣くことも悲しむこともなく生きてほしい。そういう願いが根底にある。それはきっと俺にとって斎藤のことが大事で大切な人だから。

——俺は彼女が好きなんだ。

田中《たなか》くんに直ったしおりを渡されてから四日が過ぎた。正月ということで休んでいたカフェが今日からまた始まる。私はお昼のシフトでバイトが入っているので、それに合わせて家を出た。

外は冬にしては珍しく晴天で、真っ青な青空が広がっていた。風もなく太陽の温かさが肌《はだ》を包む。ほんのりとした温《ぬく》もりにそっと小さく息を吐《は》いた。

まさか、しおりが直って戻ってくるなんて。田中くんから貰《もら》って時間が経《た》った今でも、まだ現実味がない。もう直らないものとばかり諦めていたのに。今は大事に本に挟《はさ》んで使っている。

田中くんは事もなげに言っていたけれど、そう簡単にあれを直せるとは思えない。一から学んであれだけ綺麗に修理をしたのなら、どれほどの時間を私のために費やしてくれたんだろう。急に修行《しゆぎよう》だ、なんて連絡《れんらく》がきたときは、私と会うのが気まずいからなのだとばかり思っていた。

けれど、まさか、私のしおりを直すためだったなんて。そうやっていつも私のことを助けてくれるから、どんどん好きになっちゃう。まったく、困った人。

頭に浮かんだ田中くんの姿にちょっとだけ文句を言って、お店へ向かった。

お店につけば早速準備して仕事を始める。正月だからと言って特別なことはなにもなくいつも通りに進めていく。お客さんの応対や、料理の提供、後片付けなど。通常業務を淡々《たんたん》とこなしていった。

時々視界の端《はし》に田中くんが映る。変装した彼《かれ》の格好はやはり普段《ふだん》の姿からは想像もつかないほどにかっこいい。舞《まい》ちゃんの反応からしても客観的に見てかっこいい部類に入ると思う。どうしてあんな変装をしているんだろう。ちょっと気になる。けれどそこには理由があるはずだし、私から触《ふ》れていいものかは分からない。今は、自分だけが知っている特別感に満足しておくことにした。

お昼になったことで、お客さんがだんだんと増えてくる。それでも正月の影響《えいきょう》か、いつもよりは人は少ない。余裕《よゆう》をもってお店を回しているときだった。一人の男子が入ってきた。さらさらの少し長めの金髪《きんぱつ》に、はっきりとした二重《ふたえ》の瞳。かなりの高身長で、薄く微笑む姿は周りを惹《ひ》きつける何かがあった。普段なら特に何も気にしないけれど、その人は知っている人だったので、少しだけ驚《おどろ》く。学校での有名人、一ノ瀬《いちのせ》さんだ。

田中くんも一ノ瀬さんに気づいたようで、寄っていく。

「本当に来たのかよ……」

「いいじゃん。うん、似合ってるね、湊《みなと》」

うんざりして嘆《なげ》く田中くんを見て、一ノ瀬さんは可笑《おか》しそうに笑っている。どうやら、一ノ瀬さんは田中くんのあの姿を知っているらしい。私だけだと思っていたのに、ちょっと面白くない。

もう少し二人のことは気になったけれど、お客さんに呼ばれたので、聞き耳を立てるのはやめてそちらの応対に向かった。

応対を終えて二人を探すと、もう話すのは終わっていて、田中くんは他のお客さんの注文を受けていた。一ノ瀬さんは一人でメニューを眺めている。

二人が話しているところをたまに学校で見かけるので、多分仲が良いのだろう。私の陰口《かげぐち》を無くすときには一ノ瀬さんも動いていたので、かなり親しい関係なんだと思う。あまり他人と関《かか》わりを持たない田中くんが気を許している一ノ瀬さん。一体どんな人なんだろう？　少しだけ気になった。

呼《よ》び鈴《りん》が押《お》されたので注文を受けに行く。どこで呼んだのか番号を確認すると、その番号は一ノ瀬さんが座《すわ》っている机の番号だった。

少しだけ身を引き締める。同じ学校の人だ。正体がばれるわけにはいかない。ただ、これまでも何回か同じ学校の人の対応はしたことがあるし、そこまで緊張《きんちょう》はしない。いつも通りにやればいいだけ。

一歩、一歩、踏《ふ》みしめて一ノ瀬さんの待つ場所へと向かった。

「お待たせしました。ご注文をお伺いします」

「えっと、このランチのＡセットで——」

言いかけた一ノ瀬さんがこちらを見て、注文を止めた。

「あの、眼鏡に何かの汁《しる》みたいなのが付いていますよ」

「え、あ、すみません」

指摘《してき》されて慌ててふき取る。眼鏡を外し、綺麗になったか確認していると、一ノ瀬さんはぽろりと言葉を零した。

「……え、斎藤《さいとう》さん？」

半信半疑の細い声。そこで自分が眼鏡を外してしまったことに気が付いた。

やってしまった。一気に動揺が広がる。頭が真っ白になって上手《うま》く言葉が出てこない。あ、う、と分かりやすい反応さえしてしまった。その反応に、一ノ瀬さんは確信したらしい。

「やっぱり、斎藤さんなんだ？」

「……はい」

今更《いまさら》言い繕《つくろ》ったところでもう遅い。それなら、一ノ瀬さんを説得して黙ってもらうしかない。迷ったが覚悟を決めて頷《うなず》いた。真っすぐに目を見ると、一ノ瀬さんは薄《うす》く微笑《ほほえ》む。

「そんなに、警戒《けいかい》しないで。別に誰かにバラす気はないよ」

「……ありがとうございます」

「ここを湊に紹介《しょうかい》したのは僕《ぼく》なんだ。もし斎藤さんがここでバイトしているのが広がったら、田中までバイトができなくなるからね。これで少しは安心できる？」

「そういうことでしたら、多少は。あなたが田中くんと親しくしているのは、学校で見かけたことがありますので」

完全に信頼《しんらい》できるわけではないけれど、確かに一ノ瀬さんの言い分は納得《なっとく》できた。

「湊のバイト姿を見ようと思ってきたんだけど、まさか斎藤さんまでいるとは思わなかったよ」

「あなたは私が田中くんと親しくしているのを知っているんですよね？」

「うん、多少はね。湊から聞いてるよ。本の貸し借りで仲良くなったらしいね」

冬休み前の私のクラスの騒動《そうどう》で、田中くんは一ノ瀬さんと協力していた以上、私と田中くんの関係は知っていると思っていたけれど予想通り。ちょうどいい機会だしお礼を言っておこう。

「冬休み前に、私の陰口のことで色々していただいたみたいで、その節はありがとうございました」

「ああ、あれね。別に僕は湊が考えた通りにやっただけだから、気にしないで。凄《すご》いのは湊だよ。斎藤さんのためにあのやり方を一生懸命《いっしょうけんめい》考えだしたんだから」

「そうだったんですか」

「そうだよ。わざわざ斎藤さんとの関係を打ち明けてまで僕の協力を得ようとしたんだから。あんな覚悟を決めた湊は初めて見たよ」

一ノ瀬さんが語るあの出来事の裏側はどれも私の知らないことだらけだ。私が思っていた以上の田中くんの努力が透《す》けて見えた。まったく、あなたって人は……。

「僕も陰口は嫌《いや》だからやめさせたいとは思っていたけど、普通に庇《かば》ったら、どう考えても、斎藤さんに悪影響《あくえいきょう》が出るでしょ？」

「はい。だから、私も田中くんには何もしなくていいと言いました」

「だよね。僕も同じ。時間が経つまで待つしかないって言ったよ。でも、急にいち早く解決したくなったみたいで、ああいうやり方を考えだしてきたってわけ。ほんと凄い奴だよ、湊は」

　どこか憧憬《しょうけい》さえ滲《にじ》ませた一ノ瀬さんの姿は、田中くんをとても信頼しているように見えた。

「まあ、そういうわけだから、そこまでして助けようとした斎藤さんを困らせるようなことはしないから安心してよ」

「そうですね。少しは信頼できそうです」

　にっこり屈託《くったく》なく微笑む一ノ瀬さんに、小さく頷き返した。一ノ瀬さんはそっと私の胸《むな》元《もと》のネームプレートに視線を移して、また私の顔を見てくる。

「ここでは、柊《ひいらぎ》さんって呼んだほうがいい？」

「そうしてもらえると助かります」

「分かった。それで、湊は柊さんの正体に気づいているの？」

「いえ、まったく気づいていませんね」

「そう。まあ、その恰好《かっこう》で眼鏡をかけてたら、僕だって気づかなかったと思うし、湊ならなおさら気づかないか。じゃあ、黙っておくよ」

「はい、よろしくお願いします」

　そこで話を止めて、メニューを受け取る。流石《さすが》に長話をしている余裕はない。Ａランチの注文を受けて一ノ瀬さんから離《はな》れた。

柊

ただ、最後に背後から聞こえた「随分《ずいぶん》、面白《おもしろ》いことになってるじゃん」という独り言がやけに耳に残った。

あとがき

お久しぶりです。午前の緑茶です。予定より遅くなってしまいましたが、なんとか無事二巻を出すことが出来ました。お待たせしました。

一巻が発売して、多くの方々に温かい感想をいただきました。本当にありがとうございます。その中で「こんな学生時代を送りたかった」という感想をよくいただきました。

私も全く同感です。高校時代、部活にほぼ休みはなく、遊ぶときなどほとんどありませんでした。仮に休みの日があったとしても、他の部活の休みと被ることはなく、遊ぶのは同じ部活の仲間たちのみ。マネージャー以外男のみの部活で、女子と遊ぶことは皆無に等しいです。雨の日だろうと雪の日だろうと極寒の日だろうと遠慮なく外でボールを蹴らされていた私からすれば、毎日女の子と二人きりで仲良くおしゃべりなど、羨ましくないわけがありません。……こっちの毎日の相手は白と黒の球体だったというのに。

女の子と毎日二人でおしゃべりというのも羨ましいですが、私が羨ましいと感じる部分がもう一つ。

私の学校は制服が無く、服装が自由だったため、制服デートという学生限定のデートが一度もありません。自分が高校生の時は何も思いませんでしたが、この前、制服を着た高校生の二人がデートをしているところを見かけて、自分が制服デートをしていないことに気が付きました。あの時の絶望は忘れられません。

もし、これを読んでいる方が学生なら、ぜひ制服デートのために頑張ることをお勧めしておきます。告白のセリフで悩むようなら「制服デートをしたいから付き合ってください」というのはどうでしょう。……ダメですね、はい。

さて、では謝辞を。

葛坊煽様。素敵なイラストをありがとうございます。表紙の二枚の完成イラストは寝起きで初めて見たのですが、ぼんやりとした頭の中見惚れてしまったことを今でも覚えています。私が想像していた以上のものをイラストとして描いて下さる神様として祈りを捧げます。

担当の小林様。今回も慣れない私を導いて下さりありがとうございます。おかげさまでこうして二巻の発売まで来ることが出来ました。これからもよろしくお願いします。

読者の皆様。稚拙ながらもこの作品を手にして、二巻まで読んで下さりありがとうございます。今回はかなり苦めの話になりましたが、次巻は二人の関係、甘々に進んでいきます。もちろん奇妙な関係の方も同時に進みますので期待してお待ちください。

次巻予告のようになってしまいましたが、無事三巻も出版されます。今度はお待たせする時間が出来るだけ少なくて済むよう頑張ります。次巻もよろしければお付き合いください。それでは、また会える日まで午前に緑茶を嗜みつつお待ちしています（共食い）

午前の緑茶

次巻予告

玲奈に続いて自分の恋心を自覚した湊。

表面上はお互いに何事もなかったかのように振る舞っていたが……

「どうやら私の好きな人が私のことを好きみたいで……どうしたらいいんでしょう?」

バイト先の後輩・舞に玲奈が相談したところから物語は急展開を迎える!?

更に湊宛にラブレターが届いて……!?

バイト先での
玲奈のデレが止まらない!!
ほぼ全編書き下ろしの
シリーズ待望の第3巻!!
2022年初夏 発売予定!
俺は知らないうちに学校一の美少女を口説いていたらしい
〜バイト先の相談相手に俺の想い人の話をすると彼女はなぜか照れ始める〜

HJ文庫
958
https://firecross.jp/

俺は知らないうちに学校一の美少女を口説いていたらしい 2
～バイト先の相談相手に俺の想い人の話をすると彼女はなぜか照れ始める～

2021年12月1日　初版発行

著者——午前の緑茶

発行者—松下大介
発行所—株式会社ホビージャパン
〒151-0053
東京都渋谷区代々木2-15-8
電話　03(5304)7604（編集）
03(5304)9112（営業）

印刷所——大日本印刷株式会社

装丁——AFTERGLOW／株式会社エストール

ISBN978-4-7986-2621-5　C0193